전능의 팔찌

THE OMNIPOTENT
BRACELET

김현석 현대 판타지 소설
FUSION FANTASTIC STORY

전능의 팔찌 33

김현석 현대 판타지 소설

초판 1쇄 찍은 날 § 2014년 1월 9일
초판 1쇄 펴낸 날 § 2014년 1월 16일

지은이 § 김현석
펴낸이 § 서경석

편집부장 § 권태완
편집책임 § 박은정

펴낸곳 § 도서출판 청어람
등록번호 § 제1081-1-89호
등록일자 § 1999. 5. 31
어람번호 § 제1-1753호

주소 § 경기도 부천시 원미구 부일로 483번길 40 서경B/D 3F (우) 420-822
전화 § 032-656-4452 팩스 § 032-656-4453
http://www.chungeoram.com
E-mail § E-mail § chungeorambook@daum.net

ISBN 978-89-251-3662-2 04810
ISBN 978-89-251-2596-1 (세트)

전능의 팔찌

THE OMNIPOTENT BRACELET

33

FUSION FANTASTIC STORY

김현석 현대 판타지 소설

청어람

CONTENTS

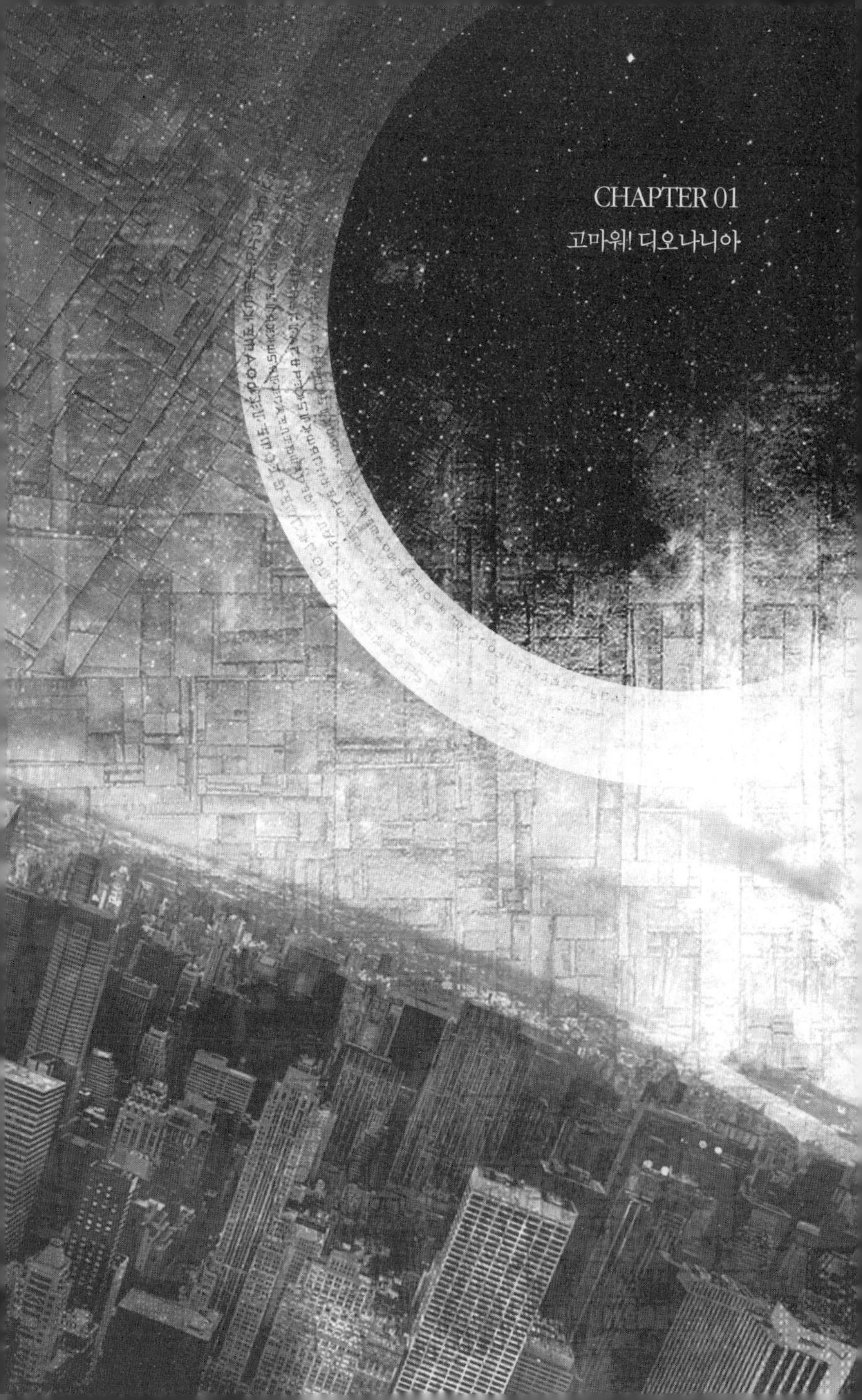

CHAPTER 01

고마워! 디오나니아

전능의 팔찌

THE OMNIPOTENT BRACELET

"자, 이제 잎사귀를 채취하자. 아리아니, 시작하기 전에 얘들한테 어떻게 해야 덜 아픈지 물어봐 줄래?"

식물도 통증을 느끼고 보은하겠다고 꽃을 피우니 웃기지만 이렇게 물을 수밖에 없었다.

"그건 벌써 물어봤어요. 근데 저 많은 걸 언제 다 찢어요? 수액도 받아야 한다면서요."

"그래도 해야지. 어떻게 해. 꼭 필요한 건데."

"혼자 하려면 몇날 며칠이 걸릴지 모를 일이에요. 그냥 계세요. 제가 정령들 불러서 시킬게요. 주인님 혼자 2만 5천 그

루나 되는 걸 언제 다 일일이 찢고 있어요. 안 그래요?"

아리아니는 말도 안 된다는 표정을 짓고 있다.

"그래주면 나야 고맙지. 근데 어쩌려고?"

"이번엔 물의 요정을 부를 거예요. 걔들이 조심스럽게 찢고 수액을 받으면 그리 많이 걸리지 않을 거예요."

"그래? 고마워!"

"칫! 근데 나는 사랑하지 않나 봐요."

아리아니의 뜬금없는 말에 무슨 뜻이냐는 표정을 지었다.

"서로 사랑하는 사이엔 '미안하다', '고맙다' 이런 말 하는 거 아니라면서요."

"아, 그거? 미안. 내가 깜박했다."

"또 미안이라고 하셨어요. 아무래도 주인님은 절 사랑하지 않으시나 봐요."

"아, 아냐! 그럴 리가 있어? 내가 아리아니를 얼마나 아끼고 사랑하는데. 몰랐어? 참, 당근주스 줄까? 식혜도."

"호호! 좋아요. 주세요."

아리아니는 언제 삐쳤었느냐는 듯 입맛을 다신다.

수천 년이나 존재했지만 너무나 순진무구하다.

아공간에서 당근주스와 식혜를 꺼내주면서 왠지 미안한 기분이 든다. 순진한 어린아이를 꼬드겨 앵벌이[1]시키고 그

1) 앵벌이 : 불량배의 부림을 받는 어린이가 구걸이나 도둑질 따위로 돈벌이하는 짓. 또는 그 일을 하는 어린이.

돈을 빼앗는 악덕 양아치가 된 기분이다.

"채수병인지 뭔지 뚜껑이나 열어주세요."

"그래, 알았어."

아공간에서 4리터짜리 채수병을 몽땅 꺼내 뚜껑을 열기 시작했다. 무려 3만 개나 되기에 엄청 빨리 움직여야 했다.

그러는 사이 아리아니는 물의 상급 정령 엔다이론을 불러냈다. 그리곤 뭔가 지시를 내린다.

알아들을 수 있는 건 될 수 있으면 위쪽의 잎사귀들을 찢어내라는 것이다. 조금 있다 먹이를 줄 텐데 땅바닥을 돌아다니는 것이라 아래쪽을 찢어내면 곤란하기 때문일 것이다.

실라이론이 금발이라면 엔다이론은 연한 푸른빛이 감도는 금빛 머리카락을 가졌다. 물론 알몸의 처녀 모습이다.

신장은 170㎝ 정도이며 대단히 아름답다.

잠시 후, 상당히 많은 운다인과 운디네가 나타난다. 엔다이론보다는 어린 듯 보인다.

엔다이론이 20세 처녀라면 운다인은 16세 소녀이고, 운디네는 8세 꼬맹이다. 이들은 현수가 꺼내놓은 채수병을 챙겨들고 일제히 날아갔다.

"주인님, 마나 좀 쓸게요."

"응? 그, 그래!"

수백이 족히 넘는 알몸이 눈앞을 어지럽히고 있다. 현수는 멍한 시선으로 엔다이론을 보고 있다.

차마 운다인과 운디네에겐 시선을 줄 수 없어서이다.

그러는 사이 켈레모라니의 비늘로부터 마나가 빠져나가기 시작한다. 아리아니는 이것을 이용하여 정령력을 뿜어내 공급하고 있다. 그런데 상당히 많은 양이 빠르게 소모됨이 느껴진다. 정령이 많아서 이러는 듯싶다.

"주인님, 아공간 여세요."

"오케이!"

아공간이 열리자 디오나니아 잎사귀가 들어가기 시작한다.

"아리아니, 수액을 담은 병은 아공간에 넣지 말고 여기 내려놓으라고 해. 뚜껑 덮어야 하니까."

"네, 알았어요."

잠시 후, 수액이 가득 찬 채수병이 주변을 에워싸기 시작한다. 모든 일을 마친 것은 세 시간쯤 지나서이다.

현수는 2만 5천 개의 채수병을 아공간에 담았다. 하나당 4리터씩이니 10만 리터나 채집한 것이다.

디오나니아의 잎사귀 10만 장도 얻었다. 이 정도면 당장 급한 물량은 해결할 듯싶다.

"고마워, 엔다이론, 운다인, 운디네."

혼자 했으면 얼마나 오래 걸렸을지 감조차 잡히지 않는 일을 정령들의 도움으로 아주 쉽고 빠르게 마쳤다.

하여 진심을 담아 말하며 환히 웃어주었다.

"어머! 저희가 보이세요?"

엔다이론 역시 실라이론처럼 화들짝 놀라는 표정을 짓는다. 이번에도 아리아니가 끼어든다.

"내 주인님이시잖아, 이 바보야! 바람하고 물은 조금 멍청한가? 다음에 불과 땅도 그런지 알아봐야겠어."

"아! 그, 그렇군요."

엔다이론이 낯을 붉힌다. 졸지에 바보 소리를 들어 부끄러운 것이다.

"다음에도 또 도와줄 거지?"

"네. 아리아니님의 주인이시니 당연히 그래야지요. 자주 불러주세요."

"그래. 또 봐."

현수가 고개를 끄덕이자 모두들 환히 웃으며 정령계로 돌아간다.

"자, 이제 내 차례인가?"

받은 게 있으면 줘야 한다. 현수는 디오나니아 서식지를 20등분한 뒤 각각에 쥐 채집 틀 하나씩을 열어놓았다.

이번에도 입구가 열리자마자 얀디루와 라니냐가 수북하게 쌓여 있는 중심부를 향해 일제히 움직인다.

펄럭, 펄럭! 펄럭, 펄럭……!

기다렸다는 듯 사냥이 시작되었다. 잎사귀에 휩싸인 생쥐들은 빠져나오려 발버둥치지만 성공하는 녀석은 거의 없다.

"으으, 더러운 냄새! 주인님!"

"알았어. 저쪽 멀리 물러나 있어."

시궁창 냄새와 더불어 악취가 진동하자 아리아니가 코를 잡고 뒤로 물러난다.

디오나니아의 사냥 솜씨는 상당히 좋았다. 중심부에 도달하는 녀석이 거의 없을 정도이다.

"이제 갈까?"

"네, 가요. 열매가 맺히려면 시간이 좀 필요하니까요."

"그래, 가자. 트랜스퍼 디멘션!"

샤르르르르르룽—!

현수와 아리아니가 사라진 후에도 생쥐 사냥은 한동안 계속되었다. 아르센력 2855년 12월 16일에 일어난 일이다.

* * *

"생각해 보니까 고맙네."

"누가요? 저요? 우리끼린 그런 말 안 하기로 했잖아요."

"아니, 아리아니 말고 디오나니아 말이야."

"……!"

아리아니가 살짝 삐친 듯 대꾸도 하지 않는다.

"잎사귀도 주고, 수액도 주고, 꽃도 주었는데 열매까지도 준다잖아."

"치, 그게 다 제가 있어서 그런 거예요. 저는 실라이론도 부르고 엔다이론도 불렀잖아요."

자기의 역할이 매우 중요했음을 알아달라는 표정이다.

현수는 짐짓 장난기가 동했지만 애써 참았다.

장난칠 대상이 아니기 때문이다. 어쩌면 아리아니의 영혼이야말로 세상에서 가장 순결할지도 모른다.

이런 건 한번 잘못되면 영원히 삐칠 수 있다. 그렇기에 순순히 고개를 끄덕여 주었다.

"맞아. 그러고 보니 아리아니의 역할이 매우 중요했네. 근데 내가 왜 그걸 까먹고 있었지? 하지만 '미안하다, 고맙다'는 말은 안 할게."

"왜요?"

고개를 갸웃거리며 눈을 크게 뜬다.

"그야 내가 아리아니를 너무 사랑하니까 그렇지. 우린 서로 사랑하는 사이지?"

아리아니는 30㎝ 정도 되는 예쁜 인형 같다. 그렇기에 이토록 쉽게 이야기한 것이다.

"네에? 어머, 부끄러워라. 숙녀에게 어떻게 그런 말을…….

아이, 부끄러워요!"

진짜 부끄러움을 느끼는지 고개를 숙이며 몸을 배배 튼다.

"아무튼 내가 고맙다고 말하지 않거나 미안하다고 사과하지 않아도 앞으론 내게 뭐라 하지 마. 아리아니는 어떤지 몰라도 난 너를 사랑하니까."

"…네에, 고마워요. 어머, 아니에요. 고맙지 않아요."

어찌 무슨 뜻인지 모르겠는가!

사랑하기에 고맙다는 말은 해선 안 된다고 생각한 모양이다. 그러면서 당황한 듯 얼른 고개를 좌우로 흔드는 모습이 몹시 귀여웠다.

현수는 피식 웃기만 할 뿐 아무런 대꾸도 하지 않았다. 왠지 속이는 기분이 든 때문이다.

'그나저나 수액이 엄청 많네.'

화장품은 섬유유연제 용기 같은 것에 넣어서 파는 것이 아니다. 그야말로 찔끔 넣어서 아주 비싼 값에 판다.

디오나니아 수액 10만 리터는 확보되었다. 트롤 250여 마리의 체액은 마리당 10리터 정도는 뽑아낼 수 있다.

둘을 합치면 10만 2,500리터나 된다.

화장품 하나에 이것 10*ml*씩 넣는다면 1,025만 개를 생산해 낼 수 있다. 5*ml*라면 2,050만 개나 된다.

"아리아니, 나중에 말이야. 디오나니아에게 또 잎사귀와 수액을 달라고 하면 줄까?"

"으음, 아마도요. 대신 걔들이 좋아하는 먹이를 여러 번 주셔야 할 거예요."

"아, 그래? 근데 가능성이 있어?"

"제가 누구예요? 숲의 요정이에요. 사실 걔들은 제가 하라고 하면 찍소리 못하고 들어야 하는 애들이에요."

모처럼 큰소리칠 기회를 잡았다는 듯 두 손은 허리춤에 놓여 있고 얼굴엔 의기양양한 빛이 가득하다.

"알았어. 그럼 나중에 또 부탁할게."

"언제든 말씀만 하세요."

* * *

"어서 오게, 김 서방!"

"네, 장모님! 그간 안녕하셨지요?"

"그럼, 그럼! 어서 들어오게."

현관문을 열어준 안숙희 여사는 함박웃음을 짓고 있다.

"장인어른은요? 퇴근하셨어요?"

"그렇다네. 지금 막 퇴근해서 옷 갈아입는 중이시네."

"아, 네."

"엄마, 저도 왔어요!"

"그래, 어서 와, 우리 예쁜 딸!"

뒤따라 들어온 지현이 안 여사의 품에 폭 안긴다. 부드럽게 등을 다독이는 장모의 얼굴은 몹시 기분 좋은 듯하다.

"장모님, 생신 축하드립니다. 그리고 이거 받으세요."

"그래, 근데 그게 뭔가?"

"아버님 좋아하시는 술을 좀 가져왔습니다."

"술을? 간에 좋지도 않은……."

안 여사가 뭐라 말하려 할 때 현수가 먼저 입을 연다.

"아! 이 술은 마시면 간이 나빠지는 게 아니라 거꾸로 좋아지는 겁니다. 다시 말씀드려 마시면 건강해지는 술입니다."

"에이, 세상에 그런 술이 어디 있나? 아무튼……."

현수가 마법사라는 것은 알고 있다. 그렇기에 미심쩍지만 고개를 끄덕이며 받아 든다.

이때 안방 문이 열리고 권 고검장이 나타난다.

"아! 김 서방 왔는가?"

"네, 장인어른. 저희 왔습니다."

현수가 꾸벅 절을 하자 고검장이 아내를 바라본다.

"여보, 우리 김 서방이랑 지현이 먹을 밥은?"

"다 되었어요. 식탁으로 오세요."

안 여사가 몸을 돌리자 장인이 눈짓한다. 부탁했던 술을 가져왔느냐는 표정이다. 현수는 고개를 끄덕였다.

"자, 그럼 우리 마나님 생신 축하 식사를 해보실까?"

"하하! 네, 가시죠."

식탁으로 간 고검장의 눈이 커진다. 한눈에 보기에도 상당히 값비싸 보이는 크리스털 술병 때문이다.

"김 서방, 이 술은 뭔가?"

"마시면 간이 좋아지는 술입니다. 스트레스 해소에도 좋고 숙면을 취하실 수도 있어요. 뿐만 아니라 피부 질환이 개선되며, 무엇보다도 치매 예방 효과가 있는 겁니다."

"아, 그래? 세상에 그런 술도 있나?"

"네. 향을 맡아보시면 금방 느끼실 겁니다."

"그래? 그렇담 한잔 해봐야지. 자, 따르게."

뻥! 쪼르르륵―!

뚜껑을 뽑자 나직한 소리와 더불어 숲의 진한 향기가 번진다. 잔이 차감에 따라 그 농도가 조금씩 더해간다.

"흐으음! 무슨 술이기에 이런 향내가 나나?"

"좋으니까 그렇지요. 자, 장모님도 한잔 받으세요."

"아냐. 술은 무슨 술. 난 술 잘 안 마시네."

"마누라, 그러지 말고 한잔 받아. 오늘 생일이잖아."

"그럼 그래볼까요?"

얼른 술을 따라줬다. 그리곤 지현과 본인의 잔도 채웠다.

"자, 우리 안숙희 여사의 생일을 위하여!"

"위하여!"

쭈우우우욱─!

"캬아! 좋다!"

권 고검장은 비강(鼻腔)을 통과하는 주향에 심신이 상쾌해짐을 느끼고 저도 모르게 탄성을 낸다.

"어머! 이 술은 정말……."

"흐으음! 이거 술 맞아요?"

장모와 지현 역시 이게 대체 무슨 술이냐는 표정이다.

"이게 말이죠, 아프리카 오지에 사는 원주민으로부터 얻은 건데요. 그게……."

현수는 적당히 거짓말을 했다.

원주민의 조상 중 누군가가 전혀 오염되지 않은 갖가지 열매를 조합하여 술을 담갔다.

그것을 토기에 담아 깊은 동굴 속에 보관하였다.

그러던 어느 날 입구가 무너져 버렸다. 그리고 수백 년이 흐른 뒤 원주민 꼬맹이가 발견한 것으로 했다.

술을 담근 지 수백 년이 흘렀음을 강조한 것이다.

모든 이야기를 들은 고검장이 고개를 끄덕인다.

"아, 그랬군. 그럼 이 술 이제 더 없나?"

"제게 조금 더 있기는 합니다. 더 드릴까요?"

"그, 그게 말이네, 허험! 허험! 알아서 하게."

권 고검장은 권력이나 재물에 대한 욕심이 별로 없다. 다만 명주에 대한 욕심만은 강하다고 들었다.

당연히 더 마시고 싶을 것이다.

"하하! 네, 알겠습니다. 조금 더 드리겠습니다."

"고맙네, 고마워! 자, 식사하세."

이 말을 끝으로 오순도순 대화를 하며 준비된 음식을 먹었다. 연희와 이리냐가 이 자리에 없는 이유는 외조부인 안준환 옹이 언제 귀가할지 몰라서이다.

식사를 마치고 소파에 앉았다.

"지현아, 네 엄마 생일인데 아무것도 준비 안 했니?"

고검장은 현수나 지현에게 별다른 소지품이 없기에 약간 불안한 표정이다.

생일을 맞은 사람은 안 여사인데 술 선물은 자신이 받았다. 이것으로 끝이라면 둘이 가고 난 뒤 한동안 썡한 분위기가 연출될 것이 분명하다.

현수는 피식 웃으며 안주머니에 손을 넣었다.

지현을 만나기 전에 보석상에 들러 벨벳 상자를 샀다.

푸르고 작은 상자엔 사파이어 반지가, 붉고 긴 상자엔 목걸이가 들어 있다.

"장모님, 사위가 되어 처음 드리는 생신선물입니다. 받아 주십시오."

"아이, 뭘 이런 걸 다……."

짐짓 빼는 척하면서도 받을 건 받는다. 보아하니 반지와 목걸이 세트이다.

작년 연말 안 여사는 지현을 시집보내면서 패물이 없다는 걸 새삼 깨달았다. 공무원의 아내로 늘 검소하게 살아온 결과이다.

고검장과 결혼할 때 받았던 반지는 오래전 분실하여 흔한 금반지조차 없었던 것이다.

딸을 시집보내면서 엄마 패물만 살 수는 없어 친구에게 빌린 반지며 목걸이를 패용했다.

어쨌거나 사위가 준 작은 상자의 뚜껑부터 열었다.

"장모님, 사파이어는 2월의 탄생석이라 알고 있습니다."

"엥? 아닌데? 사파이어는 9월이고 2월은 자수정이네."

고검장에 말에 현수는 놀라는 표정을 짓는다.

"네? 아니에요? 아, 제가 자료조사를 잘못한 모양입니다."

"아빠 말씀이 맞아요. 2월의 탄생석은 자수정이에요. 사파이어는 9월이 맞고요."

"아! 이런……."

급하게 준비하느라 제대로 확인하지 않았음을 떠올린 현수는 나직한 침음을 냈다.

"근데 다행이에요. 자수정보다 사파이어가 훨씬 비싸거든요. 안 그래요, 엄마?"

"호호! 그래, 사위가 착각하는 바람에 내가 덕을 보는구나. 호호호! 마음에 든다, 마음에 들어. 고맙네, 사위!"

안 여사는 반지를 끼어보곤 흐뭇한 미소를 짓는다. 제법 알이 굵다는 느낌이지만 가격은 잘 모른다.

평상시에도 보석엔 관심이 없었고 지현을 결혼시키면서도 보석상이란 곳을 가지 않았기 때문이다.

지현이 현수와 결혼할 때 준비한 예물은 은반지 하나이다.

지현 본인이 디자인하여 주문 제작한 것이다.

유려한 곡선이 중첩되며 우아한 분위기를 내는 것이다. 반지의 안쪽엔 이런 글귀가 새겨져 있다.

Love you forever — J.H

간결하면서도 확실한 의미가 담긴 글귀이다. 지현은 한글로 새기고 싶었지만 너무 길어 영문으로 했다.

사위가 엄청난 부자라는 걸 알기에 안 여사는 섭섭했지만 둘의 뜻을 존중했다.

어쨌거나 반지가 마음에 드는지 계속 불빛에 비춰본다.

"장모님, 나머지 것도 열어보시지요."

"아, 그래. 어머! 이거 너무 예쁘다."

뚜껑을 열자 여러 색깔의 보석이 박힌 목걸이가 화려한 빛을 발하고 있다.

"……!"

곁에서 보고 있던 지현과 고검장 또한 놀라는 표정이다. 너무도 아름다운 디자인인 것이다.

안 여사는 서둘러 목걸이를 패용하고 남편에게 시선을 주며 묻는다.

"여보, 어때요? 나랑 잘 어울려요?"

"김 서방, 이거 비싼 거 아냐? 너무 좋아 보이네."

남자인 고검장이 보기에도 괜찮아 보인 모양이다.

"네, 맞습니다. 그거 엄청 비싼 겁니다. 그러니 잘 보관하세요. 장모님은 결혼반지도 잃어버리셨다고 들었습니다."

"응? 그, 그거? 여보, 미안해요."

어린아이 지능을 가졌을 때 분실된 것으로 추측된다. 그 이전에 찍었던 사진엔 결혼반지가 끼워져 있었기 때문이다.

하여 안 여사는 반지 이야기만 나오면 안절부절못한다. 괜스레 남편에게 죄지은 기분이 드는 모양이다.

"괜찮아, 괜찮아. 이렇게 좋은 반지와 목걸이가 생기려고 그랬나 봐. 하하! 김 서방, 고맙네, 고마워."

"하하! 네."

안 여사는 반지와 목걸이가 엄청 비싸다는 말에 그냥 하는 말이라 생각했다.

다이아몬드가 비싸다는 것은 상식이다.

그에 비해 에메랄드나 사파이어는 등급이 떨어지는 것으로 알고 있기 때문이다.

며칠 후, 안 여사는 친구들 모임에 나간다.

당연히 반지와 목걸이를 패용한 상태이다. 사위가 준 생일 선물이라 자랑하려는 것이다.

친구 중 하나는 백화점에서 보석상을 운영한다.

춘희라는 이름의 그녀는 안 여사의 목에 걸린 목걸이를 보자마자 경악성을 토한다.

"야, 안숙희! 너, 너, 그거… 그거……!"

친구가 목걸이를 가리키자 안 여사는 드디어 자랑할 타임이 왔다고 생각하고는 화사한 미소를 짓는다.

"뭐? 아, 이거? 우리 사위가 내 생일에 선물해 준 거야."

"야! 네 사위, 그거 어디서 산 거래?"

"몰라. 그걸 내가 어떻게 알아?"

"야, 나 그거 좀 자세히 보자. 빼봐."

자연스레 모두의 시선이 쏠린다. 그사이에 춘희는 백에서 루페[2]를 꺼내 든다.

"어디 보자. 우와! 이건……!"

---

2) 루페(Loupe) : 볼록렌즈를 사용한 디자인 작업용 확대경으로 인쇄물, 필름의 화선, 망점 등의 상태를 검사하는 데 사용되며 10—20배 정도의 배율로 만들어진다. 보석상에선 감정용으로 사용되기도 한다.

본격적인 감정에 나선 춘희의 감탄사에 친구들의 눈빛이 달라진다. 대체 무슨 말이 나올까 싶은 것이다.

"이건 예술이다, 예술! 어떻게 이런 세공을 했지? 우와! 이 솜씨 봐라, 솜씨! 이거 분명 대단한 장인의 작품이야!"

"……!"

이쯤 되면 도대체 얼마만한 가치가 있는 물건인가 궁금해진다. 그렇기에 친구들의 눈빛은 더욱 빛난다.

"알은… 하아! 이건 완전 초특급 사파이어네. 크기는… 야! 이건 에비뉴엘 부쉐론 매장에서 전시하는 것보다 더 비쌀 거야! 우와! 우와! 이건 진짜 명품이다, 명품!"

"춘희야, 뭐가 어떤지 제대로 말해봐. 혼자서 감탄만 하지 말고. 우리도 좀 알자."

누군가의 말에 춘희는 침을 튀어가며 말한다.

"이거 말이야, 백화점 명품관에서 이런 거 비슷한 걸 팔고 있어. 그래서 구경 갔지."

"그래? 그게 뭐였는데?"

"9.08캐럿짜리 에메랄드와 사파이어, 그리고 다이아몬드를 박아서 만든 건데 이름은 '부쾌 델레' 라고 했어."

"부쾌 델레? 뭔 이름이 그렇다니?"

"부쾌 델레(Bouquet d' Ailes) 컬렉션은 영화배우 엘리자베스 테일러가 1901년에 착용했던 브로치에서 영감을 받아 그 모양을 재해석한 작품이야."

"그래? 어떤 건데?"

"나비와 잠자리의 날개를 모티브로 아주 정교하게 세팅한 거야. 그리고 황금 주조과정 없이 직접 금속작업을 하는 전통 방식(상퐁트)으로 만든 명품이지."

"그래? 그게 얼마였는데?"

가장 궁금한 내용인지라 모두의 시선이 춘희에게 쏠린다.

"60억 2,900만 원!"

"뭐? 얼마……? 60억이 넘었다고?"

"그래. 근데 이건 그거보다 훨씬 더 비쌀 거야. 알도 더 크고 세팅도 정말 예술적이야. 이건 전통 방식 중에서도 비전으로 전해지는 방법을 쓴 것 같아. 이건 있잖아……."

춘희는 본인이 알고 있는 지식을 총동원하여 한참 동안 설명했다. 하지만 이를 제대로 듣고 있는 사람은 단언컨대 하나도 없었다. 심지어 안숙희 여사마저 멍한 표정이다.

60억 원이 넘는다는 말에 넋을 잃은 것이다.

아무튼 모든 설명이 끝났다. 또 누군가가 묻는다.

"그래서, 만일 이 물건을 네 가게에서 판다면 얼마나 받고 팔릴 물건이니?"

누군가의 물음에 춘희는 고개를 흔든다.

"이거? 이건 값을 매길 수가 없어. 단순한 목걸이가 아니라 예술품이니까. 만일 스위스의 울리 지그(Uli Sigg) 같은 제대로 된 컬렉터를 만나면 300억도 받을 수 있을 거야."

"뭐? 사, 사, 삼백억? 진짜?"

"그래! 이 정도면 충분히 받을 수 있을 거야."

춘희의 말이 끝나자 이번엔 모두의 시선이 안숙희 여사에게 쏠린다.

"야, 너 진짜 사위 잘 뒀다. 장모 생일에 300억짜리 목걸이를 선물하는 사위가 세상에 어디 있냐?"

"그러게. 넌 대체 어디에 복이 붙어서 그런 대단한 사위를 얻었냐? 부럽다. 부러워 죽겠다. 쳇!"

"야, 안숙희! 오늘부터 우리 모임 음식 값은 네가 다 내. 난 배 아파서 한 푼도 못 내겠다."

"그래! 나도 괜히 배 아프다. 네 딸 공부 잘해서 좋은 대학 들어가고 행정고시 패스해서 잘나간 것도 배가 아팠다. 근데 그건 상대도 되지 않으니……. 아이고, 배 아파!"

친구들이 뭐라 많은 말을 했지만 안 여사의 귀에는 하나도 들리지 않는다.

'300억이라니! 세상에, 맙소사!'

이 음식점은 음식 값 비싸기로 유명한 집이다.

모처럼 이런 집에서 우리도 한번 모여보자는 누군가의 뜻에 따라 왔다. 그리고 많은 음식을 주문했다.

쉐리엔이 있으니 다이어트 따윈 신경 쓰지 말고 수다나 떨면서 실컷 놀자고 잔뜩 시킨 것이다.

안 여사는 본인의 카드로 음식 값 전부가 일시불로 결제되는 것도 모른 채 멍한 시선이다.

친구들과 헤어진 후 곧장 남편에게 갔다. 그리곤 300억짜리 목걸이를 어찌할 것인지 의논한다.

고검장 역시 대경실색한다. 농담처럼 엄청 비싼 거라 하였기에 그런가 보다 했는데 이건 비싼 정도가 아니다.

결국 목걸이는 은행 대여금고 안으로 들어갔다. 혹시라도 잃어버리거나 도난당할까 싶어 패용할 수 없게 된 것이다.

나중에 이야기를 들은 현수는 목걸이 뒤에 귀환마법진을 인챈트한다. 잃어버리더라도 언제나 되돌아올 것이라는 말을 듣고서야 대여금고 신세를 면하게 되었다.

CHAPTER 02
조어도를 탐내지 말라

"후후, 잘들 자네."

현수는 곯아떨어진 아내들에게 이불을 덮어주었다. 지난 밤에도 거센 열풍이 분 결과이다.

아마도 서초동 장인 댁도 곯아떨어져 있을 것이다. 권 고검장이 바이롯을 반병이나 들이켠 것이다.

"후후후."

모든 게 만족스럽다. 하여 나직한 웃음을 짓고는 서재로 향한다. 이제부터 할 일이 있기 때문이다.

지도책을 꺼냈다.

오전 9시가 되면 일본 동경도 지요다구 나가타정에 위치한 총리 관저에서 내각회의가 열린다고 한다.

이곳에 집결하는 자들 대부분이 주변국가의 속을 박박 긁는 망언을 일삼는 자들이다.

일찌감치 야스쿠니 신사를 어스퀘이크 마법 등으로 작살내놓지 않았다면 그동안 여러 번 그곳을 찾았을 것이다.

전쟁을 일으킨 전범들의 위패를 놓고 절을 하며 참배한다는 의미는 그들의 명복을 비는 행위만은 아니다.

그들이 저질렀던 전쟁의 목표를 끊임없이 되새기겠다는 무언의 표현이다. 다시 말해 과거의 침략전쟁과 식민 지배를 정당화하고 군국주의로 되돌아가겠다는 뜻이다.

당연히 좌시할 일이 아니다.

"흐음, 나가타정의 좌표는……."

현수는 좌표를 잡기 위해 구글 어스까지 동원했다. 그리곤 안전하다 싶은 곳을 찾았다.

어제 엄규백 국장으로부터 전달 받은 쪽지에 의하면 오늘 참석자는 25명이나 된다.

이 중 아소 다로 부총리, 고마쓰 이치로 법제국 장관, 스가 요시히데 관방장관, 기시다 후미오 외무상, 야마모토 이치타 영토문제담당상 등 망언한 놈들을 데려올 생각이다.

아베 신조 총리로 하여금 망언한 자들이 차례로 사라지는 것을 보며 공포에 떨도록 할 생각이다.

"앞으로 자주 보자, 아베."

일본 내각 관료들을 한꺼번에 다 데리고 올 생각이었는데 바꿨다. 이실리프 정보 3국과 4국에서 망언한 자들의 명단과 위치를 수시로 파악해서 보고할 것이기 때문이다.

일본은 멀지 않기에 단번에 텔레포트가 가능하다. 따라서 수시로 다녀올 수 있다. 그리고 어차피 그래야 한다. 일본의 여러 기관과 은행, 기지 등을 돌아다녀야 하기 때문이다.

"텔레포트!"

샤르르르릉—!

"또 왔군. 으음, 근데……."

도착하자마자 위화감[3]이 느껴진다. 보나마나 후쿠시마로부터 연유된 방사능 때문일 것이다. 하지만 현수에겐 해를 끼칠 수 없다. 여신의 가호 때문이기도 하고, 켈레모라니의 비늘로부터 저절로 이는 앱솔루트 배리어 때문이기도 하다.

"아무튼 공관부터 찾자. 퍼펙트 트랜스페어런시! 플라이!"

허공으로 몸을 뽑아 올린 현수는 어렵지 않게 공관을 찾을 수 있었다.

오전에 있을 내각회의 준비 때문에 여럿이 분주히 움직이

---

3) 위화감(違和感) : 조화되지 아니하는 어설픈 느낌.

고 있음이 포착된다.

"문제는 내가 얼굴을 모르는 놈들이 있다는 거네."

오기 전까지 인터넷으로 망언한 자들의 사진을 확인했다. 아소 다로나 스가 요시히데는 이미지 검색이 되었다.

기시다 후미오 외무상까지는 확인했지만 야마모토 이치타 영토문제담당상의 경우는 확인하기 어려웠다.

"할 수 없이 나도 회의에 참석해야 하네. 쩝!"

나직이 혀를 차고는 공관 안으로 스며들었다. 투명한 상태이니 어느 누구도 현수를 볼 수 없다.

회의 장소는 어렵지 않게 알 수 있었다. 준비된 서류 등을 분주히 가져다 놓고 있었기 때문이다.

아직 시간이 있기에 아베 신조의 책상으로 갔다. 회의를 준비하느라 아무도 없는 상황이다.

살펴보니 곳곳에 CCTV가 있다.

'저걸 어쩌지? 부수면 비상이 걸릴 거고.'

잠시 생각에 잠긴 현수는 관제실로 향했다. 네 명의 요원이 총리 관저 곳곳을 모니터링하고 있다.

"딥 슬립!"

"끄응! 하암! 졸리네. 흐아암!"

하품을 하더니 모두가 깊은 잠에 빠진다.

"어디 보자. 흐음, 여기 있군."

기기를 조작하여 총리집무실을 비롯한 몇몇 곳의 녹화를 중지시켰다.

원래의 위치로 되돌아간 현수는 아공간 속의 하드디스크를 꺼냈다. 이것을 아베의 컴퓨터 위에 얹었다.

"퍼펙트 카피!"

샤르르르릉—!

잠시 후, 아베의 하드디스크에 담긴 모든 내용이 그대로 복제되었다. 어떠한 기기를 쓴 것이 아니기에 복제했다는 흔적조차 없다. 당연히 이 일은 현수만 알 일이다.

"어서 오십시오, 장관님!"

"네, 안녕하십니까?"

시간이 되자 하나둘 도착하여 지정된 자리에 앉는다.

9시 1분 전이 되자 뒤쪽의 문이 열린다.

"총리께서 입장하십시다."

비서관의 말이 떨어지자 모든 각료가 자리에서 일어선다.

"좋은 아침입니다. 자, 내각회의 시작하지요. 첫째 안건은……."

아베의 진행에 따라 많은 의견이 오간다.

경제 문제, 영토 문제, 군사력 문제 등등이 의논되었다. 그런데 방사능에 대한 건 아무도 언급하지 않는다.

경제 문제의 경우는 이웃 나라나 세계 경제에 미칠 영향 따위는 고려치 않고 양적완화정책을 계속 유지하기로 한다.

영토 문제 역시 그러하다. 지금보다 더 적극적으로 영토를 확보하기로 의견을 모은다. 러시아는 조금 껄끄럽지만 지나와 한국은 현재보다 더 강력하게 대처하기로 한다.

이웃 국가와의 마찰 따윈 신경도 안 쓰겠다는 뜻이다.

이를 위해 군사력 증강 작업을 진행키로 한다. 양적완화정책으로 발행한 엔화로 추진하는 일이다.

방사능 문제는 이미 포기한 듯싶다. 하긴 장관들이 모여서 이야기한다 하여 오염된 바다가 정화되지는 않는다.

회의가 진행되는 동안 각부 장관들의 면면을 살폈다.

이번 기회에 어떤 작자들이 일본 내각에 포진해 있는지 파악한 것이다.

"자, 잠시 쉬었다가 하죠. 10분 후에 다시 모입시다."

아베가 자리를 비우자 장관들도 일어선다. 담배를 피우러 나가는 자도 있고 화장실로 가는 놈도 있다.

[아리아니, 준비됐지?]

[네. 근데 이번에도 냄새나는 놈들이에요?]

[아냐. 다른 족속이야. 아무튼 준비해 줘.]

[네. 준비되었으니 집어넣기만 하세요.]

화장실로 들어가는 자 중 기시다 후미오 외무상과 야마모토 이치타 영토문제담당상이 있기에 따라갔다.

둘 다 독도 문제 망언을 한 자들이다.

"아공간 오픈! 입고!"

"으윽! 허억!"

나란히 서서 소변을 보던 둘이 아공간으로 사라졌다.

'다음은 아소 다로. 이 자식은 담배 피우러 나갔지?'

부총리 겸 재무상인 이놈은 참으로 많은 망언을 했다.

아무도 모르게 헌법을 바꾼 나치 정권의 수법을 배우자.

한국의 한글은 일본이 가르쳐 준 것이다.

한국의 의무교육은 일본이 전수해 준 것이다.

강점기 때의 창씨개명은 조선인이 스스로 원해서 한 것이다.

이것 이외에도 많은 망언을 쏟아낸 망언 제조기이다. 당연히 그냥 놔둬선 안 될 개만도 못한 자식이다.

"어디 있지?"

시선을 돌려 아소 다로를 찾았다. 누군가와 대화 중이다. 얼굴을 확인해 보니 신도 요시나타 총무상이다.

"옳지. 잘 걸렸네."

이 자식은 뼛속 깊은 곳까지 군국주의자이다.

독도 영유권 분쟁이 표면화된 작년에 독도를 방문하겠다

면서 공항으로 입국하려는 쇼를 벌이다가 입국을 거부당했던 자이다.

"아공간 오픈! 입고! 입고!"

"아앗! 뭐야?"

두 녀석 역시 아공간 속으로 빨려들어 간다.

"자, 다음은……."

현수는 사냥꾼이 되어 아베의 내각 구성원들을 하나하나 아공간에 담았다.

"비서, 왜 인원이 이렇게 적지? 다들 어디 갔나?"

"알아보고 보고 드리겠습니다, 각하!"

비서가 나가자 아베 신조는 불쾌한 표정이다.

휴식은 10분이다. 그렇다면 이 시각엔 모두 착석해 있어야 한다. 그런데 몇몇만 보일 뿐 대부분이 자리에 없다.

총리인 자신보다 늦게 오는 것은 무례한 행동이다. 그렇기에 짜증 섞인 표정으로 회의 자료를 뒤적인다.

"각하, 대신 및 장관님들 대부분이 보이지 않습니다."

"뭐야?"

"입구를 통해 나가진 않으셨다고 합니다. 어딘가에 모여 계신 듯합니다."

"이런! 빨리 가서 찾아!"

"네, 알겠습니다."

비서관이 나서면서 몇몇에게 손짓한다. 총리 공관 내부를 샅샅이 뒤지는 소란이 벌어지기 일보 직전이다.

같은 시각, 현수는 공관 밖에 있다. 망언한 자들을 아공간에 담았으니 이곳에 있을 필요가 없기 때문이다.

"흐음, 이제 미쓰비시 은행으로 가볼까?"

이 은행은 1996년에 도쿄 은행과 미쓰비시 은행이 합병되어 탄생한 금융기관이다. 2004년엔 UFJ 은행과 합병해 '미쓰비시 도쿄 UFJ'로 다시 출범한 상태이다.

합병 이후 계좌 숫자 약 4,000만 개, 고객 예금 잔고 약 100조 엔, 자산규모 190조 엔의 세계 최대 은행이 됐다.

이 은행 도쿄 본점의 지하엔 커다란 금고가 있다.

당연히 많은 액수의 엔화, 달러화, 위안화, 유로화 등이 있으며, 금괴도 제법 있는 것으로 알려져 있다.

적당한 곳에서 마법을 해제하고는 유람하듯 구경하며 거리를 누볐다. 곳곳에 TV가 보이지만 각료들이 실종된 사건은 아직 보도되지 않고 있다.

"흐음! 다 왔네."

미쓰비시 도쿄 UFJ 은행 본점은 깔끔한 현대식 건물이다.

지상 24층, 지하 7층짜리 이 건물 입구엔 무장한 경비원들이 은신해 있다.

"그래 봤자다, 인마! 퍼펙트 트랜스페어런시!"

투명 은신 마법을 구현시키곤 건물 내부로 들어가 관제실 먼저 찾았다. 이 정도 되는 건물은 전원을 내려도 금방 비상 발전기가 작동된다는 것을 알기 때문이다.

"딥 슬립!"

그의 한마디에 관제실 직원 여섯의 고개가 떨궈진다. 누가 깨우지 않는 한 12시간은 곯아떨어져 있을 것이다.

현수는 모든 CCTV 녹화장치가 꺼지도록 메인 스위치를 내려 버렸다. 그리곤 관제실을 나서며 잠금 마법을 펼쳤다.

"락!"

철커덕—!

"자, 이제 슬슬 내려가 볼까?"

금고는 지하 5층에 마련되어 있다. 주차장과는 격리된 공간이다. 통로엔 무장경비원이 있고, CCTV가 설치되어 있다.

눈에 보이지 않을 것이니 유유히 걸어 들어갔다. 금고 입구에 당도했을 때 다시 한 번 현수의 입술이 달싹인다.

"슬립! 슬립! 슬립! 라이트닝! 라이트닝! 라이트닝!"

경비원 세 명은 벽에 기댄 채 스르르 주저앉는다. 그와 동시에 입구로 향해 있던 CCTV에서 연기가 솟는다.

"언락!"

철커덕—!

방화 문을 열고 안으로 들어가니 또 복도다. CCTV도 있고,

경비원들도 보인다.

"흐음! 이번엔 어떻게 하지? 전과 같은 방법이면 의심할 테고. 그렇지. 그게 있었네. 아이스 포그!"

말 떨어지기 무섭게 냉기를 품은 안개가 복도로 뿜어진다. 한정된 공간이기에 아주 빠른 속도로 복도를 잠식한다.

"앗! 저게 뭐야?"

"뭐야? 건물 내에도 안개가 껴?"

"무슨 소리야? 안개라니?"

"저기 봐! 저 자욱한 거!"

"헉! 저건 연막탄일지도 몰라! 빨리 비상벨 눌러!"

"딥 슬립!"

경비원 중 하나는 비상벨로 손을 뻗다 말고 스르르 무너진다. 깊은 잠에 빠져든 때문이다.

CCTV가 정상 작동 중이라도 아무것도 잡히지 않을 것이다. 너무도 짙은 안개 때문이다.

"언락!"

챠르르르르륵, 촤르르르르륵—!

웨에에엥! 웨에에에엥!

금고의 다이얼이 돌아가는 순간 비상벨이 울린다.

"쳇! 귀찮게 되었군. 조용히 하고 가려 했는데. 할 수 없지. 플라이!"

잠시 후, 일단의 경비대원들이 달려왔다.

이들이 당도했을 때 복도의 안개는 모두 사라졌다. 매직 캔슬로 없앤 것이다. 잠들었던 경비대원도 모두 깨어났다.

이들은 깜박 졸았던 것으로 생각하고 당황하는 기색이 역력하다. 근무 중 태만은 시말서 대상이기 때문이다.

"뭐야? 왜 비상벨이 울린 거야?"

새로 온 누군가의 물음에 근무자 중 하나가 대꾸한다.

"잘 모르겠습니다. 저절로 울린 거 아닐까요? 아니면 고장이 났거나. 여긴 이상 없습니다."

짙은 안개가 꼈다는 말은 하지 않는다. 미친놈으로 몰리면 잘릴 것이기 때문이다.

과로해서 헛것을 본 듯하다.

안개가 끼었다면 CCTV를 하루 종일 째려보고 있는 제2관제실 녀석들이 가만있지 않았을 것이다.

참고로 제2관제실은 이곳 지하금고만을 살피는 곳이다. 현수가 잠재운 것은 제1관제실이니 아무 소용없는 일이다.

그럼에도 반응이 없는 것은 제2관제실 요원이 딴짓하는 중이기 때문이다.

일본은 선(先)진국이 아니라 성(性)진국이다. 제2관제실 요원은 이 시각 현재 신입 여사원을 희롱하는 중이다. 그렇기에 아이스 포그를 보지 못하고 있는 것이다.

"뭐야? 저절로 울려? 비상벨이? 그게 말이 되나?"

"아무튼 아무런 이상 없었습니다, 이곳은."

"그런데 왜 비상벨이 울려? 이봐, 이곳 조사해 봐."

"네, 알겠습니다."

나중엔 경비대원들이 주변을 샅샅이 뒤진다. 하지만 눈에 보이지 않는 현수를 어찌 찾겠는가!

"대장님, 아무 이상 없습니다."

"그런데 왜 비상벨이 울려?"

경비대장이 버럭 소리를 지르자 대원들은 다시 한 번 주변을 뒤진다.

"정말 아무 이상 없습니다, 대장님!"

"그래? 알았다. 철수!"

경비대원들이 모두 물러날 때 현수의 입술이 달싹인다.

"언락!"

촤르르륵! 촤르르륵!

웨에에에엥! 웨에에에엥!

"뭐야, 이건? 빨리 수색해! 수색하란 말이야! 뭐해?"

경비대장이 또 고함을 지른다.

놀란 대원들이 즉시 흩어졌지만 이곳은 뒤질 곳도 없다.

그냥 T자형 복도 양 끝에 경비원들이 은신할 수 있는 허리춤까지 올라오는 시멘트 구조물 하나가 전부인 곳이다.

"대장님, 고함 좀 그만 지르십시오. 보세요. 여기에 뭐가 있습니까? 아무것도 없습니다."

"……!"

좌르르륵! 좌르르륵!

"근데 이건 왜 이래?"

여전히 다이얼이 돌고 있는 소리가 들린다.

"대장님, 금고에 이상이 있는가 봅니다."

"그럼 가서 금고 담당 모시고 와."

"네, 알겠습니다."

경비대원 셋이 얼른 뛰어간다.

이 금고를 열려면 두 명의 금고 담당자가 양쪽 구멍에 열쇠를 꽂고 동시에 돌려 일정한 위치에 맞춰야 한다.

그리고 일곱 개의 다이얼을 모두 맞춰야 한다.

제한 시간은 5분이다. 그 시간 내에 다이얼 일곱 개가 모두 맞지 않으면 24시간 동안 결코 열리지 않는다.

잠시 시간이 흐른 후 중년 사내 셋이 왔다.

"경비대장, 다이얼이 고장이라고요?"

"네, 아무래도 문제가 있는 것 같습니다. 보십시오. 저절로 돌아가는 소리가 들립니다."

좌르르륵! 좌르르륵!

금고 담당자들은 알았다는 듯 고개를 끄덕인다.

셋은 이런 일에 익숙하기에 눈빛으로 신호를 보내는가 싶더니 금방 금고 문을 열어젖힌다.

육중한 문이 열리자 경비대장이 고함을 지른다.

"뭐해? 어서 안으로 들어가 수색해!"

"네, 알겠습니다!"

금고 안으로 들어간 경비대원들이 샅샅이 뒤졌지만 이상이 있을 리 없다.

이런 와중에 현수 역시 금고 내부로 들어선다.

산더미처럼 쌓인 현금더미 위로 올라간 현수는 분주히 오가는 경비대원들을 바라보며 피식 웃었다.

"아무것도 없습니다, 대장님!"

"네, 아무것도 없습니다. 아무래도 금고 다이얼에 문제가 발생한 듯합니다."

"알았다. 모두 철수!"

"네! 철수!"

경비대원들이 모두 빠져나가자 경비대장은 마지막으로 한 번 더 내부를 살피곤 나간다.

쿠우웅—! 촤르륵! 촤르르르르륵! 촤르륵! 촤르르륵!

육중한 금고문이 닫힌 후 다이얼이 제멋대로 돌아간다. 그와 동시에 짙은 어둠이 사위를 감싼다.

"깜깜해서 멜라토닌은 잘 분비되겠군. 하지만 너무 깜깜하잖아. 라이트!"

금방 환한 빛이 금고 내부를 밝힌다.

"많군."

금고는 여러 개의 격벽으로 구분되어 있다.

그중 엔화가 제일 많은 공간을 차지하고 있다. 달러화도 많고 유로화와 위안화도 제법 있다.

다른 한쪽엔 골드바가 쌓여 있다.

"여기도 무게 감지 장치가 있겠지?"

대꾸하는 이가 있을 리 없다.

"그러거나 말거나, 아공간 오픈! 입고."

바닥을 뛰어다니며 금고 안의 모든 것을 쓸어 담았다.

예상대로 바닥엔 무게 감지 장치가 있는 모양이다.

삐이이이잉! 삐이잉! 삐이이이이잉!

요란한 경보음이 울려 퍼지기 시작한다. 이것에 신경 쓰지 않고 남은 것을 모두 아공간에 담았다.

그리곤 입구로 갔다.

"멜트(Melt)! 씰(Seal)! 멜트! 씰! 멜트! 씰! 멜트! 씰!"

금고 문은 특수 금속이다. 그런데 이것이 녹는다. 멜트 마법의 위력이다. 그리고 접합이 된다. 봉인 마법 때문이다.

삐이이이잉! 삐이잉! 삐이이이이잉!

요란한 경보음 속에서 누군가 금고 문을 열려는 듯하다.

좌르르, 철커덕! 좌르르, 철커덕―! 좌르르르! 철커덕!

하지만 다이얼은 돌아가려다 멈춘다.

멜트 마법에 녹아서 이웃한 판과 접합된 때문이다. 이 정도면 거의 용접 수준이다. 이 금고의 문은 이제 정상적인 방법으론 열 수 없는 상태가 되었다.

"흐음! 깨끗하군. 참, 흔적은 남겨 드려야지."

현수는 아공간에 담긴 종이 한 장을 꺼냈다. 지나제 종이에 지나제 프린터로 인쇄한 것이다.

거기엔 이렇게 쓰여 있다.

不要貪圖釣魚島

지나의 공식 문자인 간체로 쓰인 '조어도를 탐내지 말라'는 뜻이다.

우리가 조어도로 발음하는 이 섬을 일본에선 센카쿠 열도[尖角列島]라 부르고, 지나에선 댜오위타이라 부른다.

일본 오키나와에서 서남쪽으로 약 400㎞, 지나 대륙에서 동쪽으로 약 350㎞, 대만에서는 약 190㎞ 떨어진 동지나 해상에 위치한 자그마한 섬이다.

이 섬이 영토 분쟁의 격랑 속에 휘말린 이유는 인근 해역의 석유 매장 가능성 때문이다.

또한 배타적 경제수역 및 대륙붕 경계선과 관련이 있다.

아울러 중동과 동북아를 잇는 해상교통로이자 전략적 요충지이기 때문이기도 하다.

양국은 현재에도 이 문제 때문에 첨예하게 대립 중이다.

따라서 현수가 남긴 이 종이 한 장이 어쩌면 두 나라 간의 전쟁을 야기할 수도 있다.

"그건 니들끼리 알아서 할 일이고. 자, 다음!"

아공간에서 꺼낸 C4는 금고의 가장 얇은 곳에 놓였다. 메탈 디텍션 마법을 쓰면 금방 알 일이다.

"앱솔루트 배리어!"

절대 방어 마법이 구현된 가운데 C4가 품고 있던 모든 것을 내놓는다.

콰콰아아아앙—!

우수수! 우수수수!

금고 철판이 찢기면서 외부를 감싸고 있던 콘크리트까지 손상을 입어 시멘트 가루가 뿌옇게 일어난다.

"디그! 디그! 디그! 디그!"

마법으로 흙을 푹푹 떠서 사람 하나가 다닐 만한 통로를 만들었다. 텔레포트를 쓰면 간단히 빠져나가지만 혼란을 주기 위한 조치이다.

"디그, 디그, 디그! 디그! 디그! 디그!"

미쓰비시 도쿄 UFJ 본점으로부터 약 100m 떨어진 곳까지 통로를 만들었다. 아무런 지지대 없이 흙만 퍼낸 것인지라 작은 진동만으로도 무너지게 될 것이다.

파다 보니 하구관로와 닿게 되었다.

"으윽, 냄새. 하지만 차라리 잘되었군."

은행과 경찰은 누군가 이곳으로부터 통로를 뚫어 금고를 털었을 것이라 추측할 것이다.

그리고 다시 이곳을 통해 빠져나간 후 하수가 흘러들도록 한 것으로 오인하게 될 것이다.

"텔레포트!"

샤르르르릉—!

현수가 하수관로에서 텔레포트 마법으로 사라지고 나자 시커먼 구정물이 여태 파놓은 통로를 따라 흘러간다.

남겨놓은 종이야 젖겠지만 그건 알 바 없다.

"으으! 냄새. 클린!"

몸에 밴 하수도 냄새를 빼곤 주변을 둘러보았다. 이곳은 오늘 아침 당도했던 총리 관저 인근 빌딩의 옥상이다.

조금 전 C4의 강력한 폭발로 인한 진동 때문에 지진인 줄 알고 대피했던 사람들이 되돌아오는 모습이 보인다.

고개를 돌려보니 총리 관저 쪽도 난리가 났다. 수십 명이 뛰어다니고 있다.

물론 사라진 고위 관료들을 찾는 중이다.

"온 김에 재특회 놈들도 데려가야지. 텔레포트!"

샤르르르릉ㅡ!

지난해 재특회원들은 동경 번화가에서 시위한 바 있다. 그때 외친 구호 중 일부는 다음과 같다.

한국인을 죽이자!

한국인에게 독을 먹여라!

한국 학교에 대한 재정 지원을 폐지하라!

한국 여자를 강간하라!

한국인은 일본에서 나가라!

종군위안부는 없다!

참고로 재특회 회원은 1만 3,000여 명으로 추산된다.

어쨌거나 이곳은 재특회 동경지부 사무실이다.

일전에도 시위를 마치고 이곳에 모여 회합 중이던 200여 명을 아공간에 담은 바 있다.

"이시하라 신타로라도 있었으면 좋겠다."

극우 단체인 유신회 공동 대표인 하시모토 도루도 있으면 좋겠지만 그는 오사카 시장이다.

이 시각에 동경에 있을 리 없다.

이시하라 신타로는 전 동경도지사이다. 현직에 있지 않으니 어쩌면 이곳에 있을 수도 있다. 하여 2층으로 올라갔다.

지부장실 밖에서 엿듣기 마법을 구현했다.

"이브즈드랍!"

누군가 통화하는 모양이다

"네, 알겠습니다. 그럼요. 오늘도 합니다. 네, 네! 11시 집합입니다. 물론입니다. 그럼요! 당연한 일입니다. 네, 대일본제국은 영원히 번영해야 합니다."

음성으로 이시하라인지는 알 수 없다.

"아, 신타로님은 내일 오신답니다. 네, 네! 알겠습니다. 대일본제국 만세! 황국 신민의 의무입니다. 또 뵙겠습니다."

철컥—!

통화가 끝났다. 그런데 이시하라 신타로는 없다.

"개자식! 명도 더럽게 기네. 아무튼 곧 모인다 이거지?"

시각을 확인한 현수는 편안한 곳에 자리 잡았다. 그리곤 드나드는 면면을 살폈다.

한국인에 비해 확실히 키가 작다는 느낌이다.

'하긴 이러니 왜(矮)놈이라 불렀지.'

참고로 왜는 키가 작다는 뜻이다.

남겨진 기록에 따르면 임진왜란 당시 조선인의 평균 신장은 161~166㎝이고 일본인의 평균은 155~161㎝이다.

그런데 인터넷에 떠돌고 있는 사진을 보면 사무라이의 신장은 130~150㎝ 정도에 불과한 것으로 추정된다.

2013년 우리 국민 평균 신장을 살펴보면 8~9세가 129.1㎝이고, 12~13세가 151.8㎝이다.

따라서 임진왜란 때 우리 국토를 유린했던 사무라이는 지금으로 치면 8~13살짜리 어린아이만 했다는 뜻이다.

'쬐끄만 자식들이 겁도 없이 감히…….'

현수는 지옥도에 있는 총알개미[4]를 떠올렸다.

이 녀석에게 물리면 상상을 초월하는 고통을 받게 된다.

어쩌면 일제강점기에 우리 독립군이 당한 고문보다도 더욱 고통스러울 수도 있다.

지옥도엔 그런 놈들이 그야말로 지천이다.

이놈들을 그곳에 데려다 놓으면 어떨까 하는 생각을 하니 절로 입가에 흐뭇한 미소가 어린다.

재특회 동경지부에 오늘 시위대로 모인 인원은 239명이다. 아까 전화를 받은 자가 동경지부장이라 한다.

"자, 이제 조선 놈들을 쫓아내도록 시위를 합시다!"

"와아아! 조선 놈들을 모조리 죽여라! 와아아!"

"조선 계집들은 하나도 남김없이 강간한 뒤 죽여 버리자!"

---

4) 총알개미[Bullet Ant] : 학명 Paraponera Clavata. 콩가개미라고도 불린다.

들고 있는 피켓 등을 흔들며 고함을 지르는 걸 보니 반쯤 미친놈들 같다.

이들의 머리 위로 날아오른 현수는 즉시 아공간을 열었다.

"아공간 오픈! 입고! 입고!"

"헉! 저건 뭐야?"

"으악! 저건 뭐지?"

허공에 일렁이는 시커먼 공간 속으로 사람들이 빨려들자 가장자리에 있던 놈들이 주춤거리며 물러선다.

"홀드 퍼슨! 홀드 퍼슨! 홀드 퍼슨!"

도주하려 했지만 발이 떼어지지 않는다.

"아앗! 왜 이래?"

"내 발이, 내 발이 안 떨어져! 으아악!"

결국엔 아무도 도주하지 못했다.

"아리아니, 놈들은?"

"잘 있어요. 이놈들을 냄새가 덜 나서 좋기는 한데 전부 발육 부진인 거예요? 왜들 이렇게 작아요? 애들인 거예요?"

"아니. 왜놈들이라 그래. 아무튼 가자."

일본을 떠난 현수가 지옥도에 당도한 것은 30분가량 지나서이다.

총알개미 역시 현수의 존재감을 느끼고 일제히 물러선다. 가이아 여신의 힘이 이곳까지 미치는지의 여부는 알 수 없다.

아무튼 이래주니 좋기는 하다.

안 그렇다면 드래곤 피어 마법을 써야 하는데 개미들에게 먹힐지는 미지수이다.

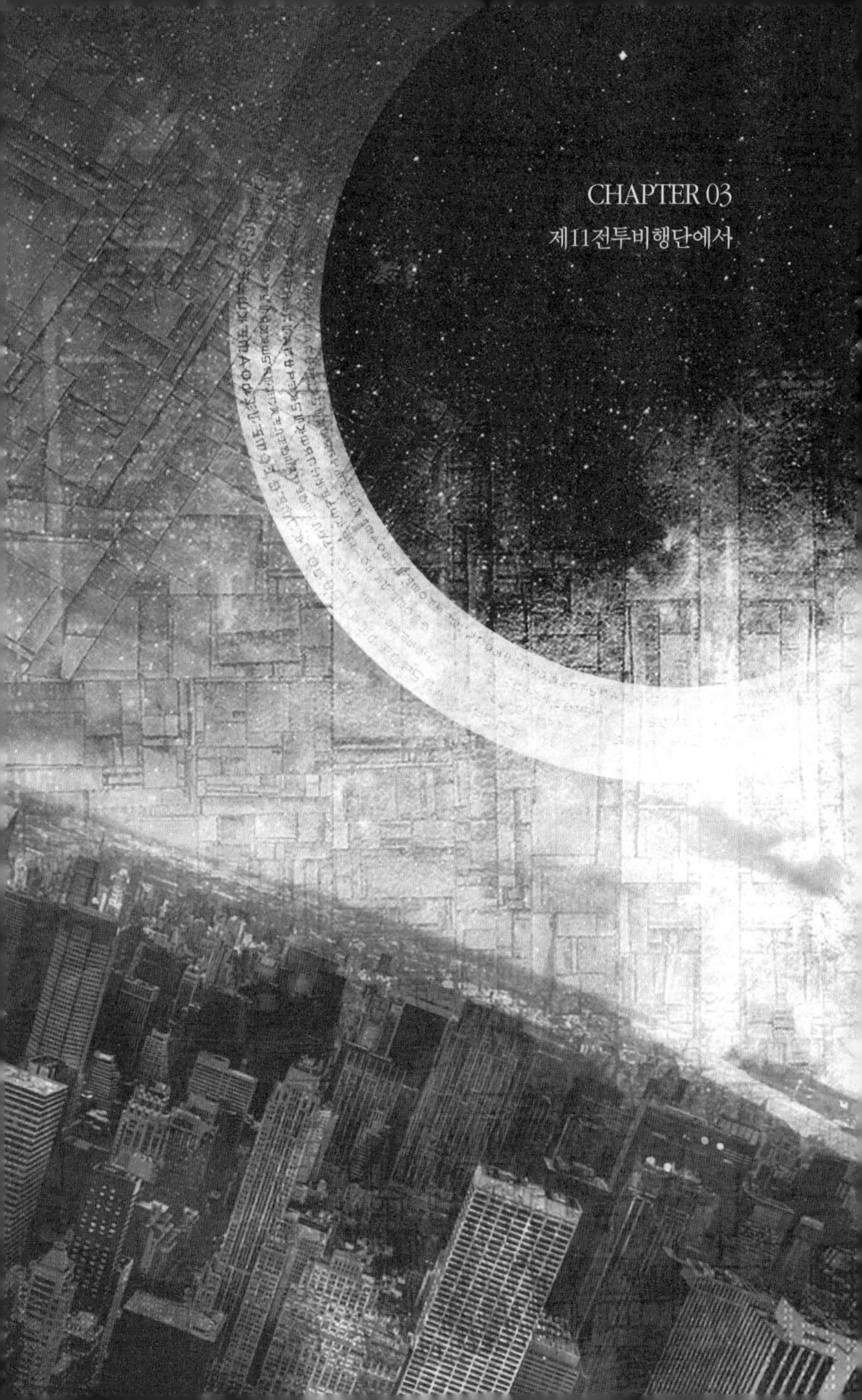

CHAPTER 03
제11전투비행단에서

"아리아니, 얘들 뒤로 간 것도 여신의 가호 때문인 거야?"

"글쎄요. 이번엔 저도 조금 아리송해요. 개미들은 잘 안 먹히거든요. 특히 얘들처럼 전투적인 것들은 더해요."

"아무튼 좋아. 아공간 오픈!"

말 떨어지기 무섭게 컨테이너 박스가 튀어나온다.

"언락!"

철컥—!

와당탕탕! 와당탕탕!

안에 있던 녀석들이 일제히 쏟아져 나온다. 모두들 겁먹은 표정이다. 조금 전까지 재특회 동경지부 강당에 있었다.

그런데 이곳은 아무리 봐도 정글이다. 하여 모두가 웅성거리며 어리둥절할 때다.

"모두 들어라!"

허공에서 유창한 일본어가 들리자 모두의 고개가 들린다. 그중엔 아소 다로 부총리 겸 재무상도 포함되어 있다.

"나는 한국인 김현수라 한다. 아울러 지구에 단 하나밖에 없는 마법사이기도 하지."

현수가 잠시 말을 끊자 일제히 웅성거린다.

"무슨 개소리래? 근데 저 자식은 뭐야?"

"김현수 맞아! 신화창조 티저 영상에 나왔던 그 녀석이 분명해."

"뭐야? 그럼 여긴 어디고, 이건 대체 무슨 상황인 거야?"

"근데 저 자식은 어떻게 저기 떠 있는 거지?"

"진짜 마법사인 거야, 뭐야?"

잠시의 웅성거림을 내버려 두던 현수가 손을 들자 조용해진다. 무슨 소릴 지껄이려는 건지 들어나 보자는 모양이다.

"먼저 아소 다로부터! 너의 망언으로 많은 한국인이 분노했다. 이제부터 죽을 때까지 고통을 느끼며 반성해라."

"아소 다로? 그럼 부총리님도 여기 계신 거야?"

누군가의 말이다. 하나 대꾸하는 이는 없다. 현수가 또 다른 누군가를 지목한 때문이다.

"너, 신도 요시나타, 독도가 너희 땅이라고? 아니, 이곳 지옥도가 너희 땅이다. 너 역시 죽을 때까지 고통에 몸부림쳐야 할 것이다."

"뭐야? 총무상님도 계셔?"

"다음, 기시다 후미오! 그리고 야마모토 이치타! 너희 둘 역시 입에 담아선 안 될 망언을 한 죄로 이곳에서 종신토록 고통당하게 될 것이다."

"외무상님과 영토문제담당상님도 와 계신 거야? 뭐야? 대체 뭐가 어떻게 된 거야?"

재특회원 중 누군가 목청을 높였지만 이내 현수의 마나 실린 음성에 묻혀 버렸다.

현수는 총리 공관에서 데리고 온 각료 하나하나에게 죄목을 열거했다. 모두 이곳에서 종신형이다.

"다음 재특회원 전원에게 이른다. 너희 역시 이곳에서 죽을 때까지 고생하게 될 것이다. 참고로 이 섬 주위엔……."

연옥도에서 했던 말을 또 했다. 체인 라이트닝을 세 번 쓰자 모두들 벌벌 떨면서 옷을 벗는다.

모두 아공간에 쓸어 담았다.

안에선 아리아니가 고생 중이다. 지갑 속의 돈은 돈대로 모으고 신분증과 신용카드 등은 따로 모으는 중이다.

돈은 '정신대 할머니와 함께하는 시민 모임' 이라는 단체에 보낼 것이다. 신분을 증명할 수 있는 것들은 모두 소각된다.

이들이 입고 있던 의복은 북경 뒷골목 어딘가에 가져다 놓을 생각이다. 반대로 삼합회 조직원들이 입었던 옷은 동경의 뒷골목에서 발견되도록 할 생각이다.

"자, 이제부터 반성하도록! 텔레포트!"

현수의 신형이 사라졌다. 그와 동시에 물러섰던 총알개미들이 자신들의 서식지에 무단 침입한 왜놈들에게 다가갔다.

하지만 이를 눈치챈 자는 아무도 없다.

친절하게 설명해 줬음에도 뭐가 어떻게 된 건지 몰라 어리둥절하기에도 바쁜 때문이다. 그러던 어느 순간이다.

"아아악! 아아아아아아악!"

"으앗! 이, 이게 뭐야? 개미! 아아아아아아악!"

"아악! 살려줘! 아악! 너무 아파! 아아아악!"

여기저기에서 비명이 난무하기 시작한다.

너무나 아파 바닥을 나뒹굴자 등이며 허리 등에서도 엄청난 고통이 쇄도한다.

데굴데굴 굴러보지만 고통은 좀처럼 사그라지지 않는다.

아소 다로 부총리 역시 그들 중 하나이다.

체면을 잊고 비명을 지르며 발광한다. 하지만 어느 누구도 돕지 않는다. 그럴 겨를이 어디에 있겠는가!

이곳 지옥도의 첫 손님들이다. 그리고 그 수효는 총리 공관에서 잡아온 15명과 재특회원 239명을 합하여 254명이다.

같은 시각, 아베 신조는 사라진 관료들이 모종의 음모를 꾸미는 것으로 오해하고 있다.

단체로 반기를 들기 위해 어딘가에 모여 있는 것으로 생각한 것이다. 하여 경시청까지 동원하여 인근을 대대적으로 수색하는 중이다. 물론 언론에는 쉬쉬하고 있다.

같은 당 소속끼리의 반목으로 비춰질 수 있기 때문이다.

* * *

현수가 도착했을 때 연희는 텔레비전 뉴스를 보고 있다.

침몰된 지나 어선에 관한 뉴스가 보도되는 중이다. 자막을 보니 사고 해역에선 아직도 실종자를 찾는 작업 중이다.

격렬비열도 쪽 실종자 수는 1,283명이다. NLL 인근 해역에선 1,981명이나 찾지 못했다. 양쪽 합쳐 3,264명이나 되니 수색을 멈출 수 없는 것이다.

'이놈들아, 백날 찾아봐라. 나오는지.'

"어디 다녀오셨어요?"

"그래. 지현과 이리냐는?"

"언니는 출근했고, 이리냐는 브레즈네프 변호사가 전화해서 만나러 나갔어요."

"테리나가 왜?"

"그야 저는 모르죠. 아무튼 꼭 보자고 해서 나갔어요."

"흐으음."

현수는 나직한 침음을 냈다. 부인이 셋이나 된다는 건 비밀이었으면 하기 때문이다.

"근데 오늘은 뭐하실 거예요?"

"공군 11전투비행단엘 다녀와야 해."

집에 도착해서 보니 휴대폰에 문자가 와 있었다.

공군은 약속을 지켰습니다!

바쁘신 건 알지만 하루라도 빨리 도와주십시오.

언제든 성남공항으로 오시면 됩니다.

공군 제11전투비행단으로 모시겠습니다.

— 공군참모총장 김성률

문자 확인 후 컴퓨터를 켜서 확인해 보니 공군 제11전투비행단은 F—15K를 운용하는 부대이다.

"그래요? 그건 어디에 있는 건데요?"

"대구에."

"아! 그럼 갔다 오려면 시간 많이 걸리겠네요?"

"아냐. 성남공항에 가면 비행기 편이 준비되어 있어."

"그럼 바로 나가실 거예요?"

"응, 가야 해. 근데 잠깐만. 소리 좀 키워줄래?"

방금 전까지 지나 어선에 관한 뉴스였는데 화면이 바뀐다.

"방금 들어온 속보를 말씀드리겠습니다. 공군에서 여성가족부 폐지를 건의했다고 합니다. 아! 새로운 소식입니다. 해군에서도 여성가족부 폐지를 천명한답니다."

아나운서도 놀랐는지 눈을 동그랗게 뜬다. 이때 누군가 쪽지를 건네주는 모습이 비춰진다.

"헉! 유, 육군도 여성가족부 해체를 건의했습니다. 그, 그리고 이건 또 뭐죠? 헐! 잠시 후 국방장관께서 특별 담화문을 발표한답니다. 국방부를 연결하여 자세한 소식 전해드리도록 하겠습니다."

아나운서는 몹시 놀랐는지 방송 중이지만 손수건을 꺼내 이마에 솟은 땀을 닦아낸다.

"이것은 유례없는 일입니다. 육 · 해 · 공 3군과 국방부가 정부 부처인 여성가족부 해체를 건의했습니다. 그동안 이 부처에 관한 이야기가 많았는데……. 아! 국방장관의 특별 담화문 발표가 시작된답니다. 잠시 마이크를 돌리겠습니다."

화면이 바뀌면서 단상에 선 오정섭 국방장관의 굳은 얼굴이 비춰지고 있다. 아직 준비 중인지 주변엔 바쁘게 오가는 군인들의 모습이 보인다.

화면이 움직이며 운집한 언론사 기자들을 비춘다.

아무리 적게 잡아도 최하 50명은 넘는다. 그중엔 외국 언론사도 있다.

이윽고 오 장관의 가슴 위쪽만 화면에 잡히는 바스트 샷 상태가 된다. 장관은 가볍게 마이크를 두드린 뒤 입을 연다.

톡, 톡!

"국민 여러분, 안녕하십니까? 국방장관 오정섭입니다. 저는 오늘 국방을 책임지고 있는 육 · 해 · 공 3군 참모총장을 모시고 이 자리에 섰습니다."

그러고 보니 3군 참모총장이 장관 뒤쪽에 배석해 있다.

"저희는 여성가족부 해체를 국민투표에 붙여줄 것을 정식으로 건의 드리는 바입니다. 이를 위해 육군과 공군, 그리고 해군의 모든 장병과 군무원 및 그 가족들이 국민투표 청원을 위한 서명을 실시한 바 있습니다. 그동안……."

오 장관은 여성가족부가 저질러 온 일을 조목조목 나열하였다. 다 알고 있는 사실이지만 기자들은 열심히 받아쓴다.

장관이 담화문을 발표하는 동안 곁에 국민투표 청원서가 쌓이기 시작한다.

인원이 상당히 많은지라 금방 장관의 키를 넘긴다.

오 장관은 여성가족부가 저질러 온 온갖 작태를 나열한 뒤

특별 담화문 발표를 마친다고 하고는 물러난다.

기자들은 궁금한 것이 많았는지 퇴장하는 장관에게 여러 가지 질문을 했다. 하지만 더 이상의 답변은 없었다.

여성가족부 해체를 결정하는 국민투표를 하자는 것이 담화문의 요지이다.

사전에 대통령 및 행정부와 논의된 것 같지는 않다. 하여 여러 추측을 첨가하여 나름대로 기사를 쓰기 시작한다.

잠시 후 인터넷이 달궈지기 시작한다.

거의 모든 남성이 여성가족부 해체에 찬성한다는 글이다.

같은 시각, 꼴통 페미들의 개지랄이 시작되었다.

하지만 워낙 육 · 해 · 공 3군이 준비한 자료가 너무도 명료하다. 그렇기에 남성들과 의식 있는 여성들의 댓글 폭발에 페미들의 골빈 목소리는 그대로 묻혀 버린다.

"저건 국방부가 잘하는 거 같네요."

연희의 말이다. 현수는 고개를 끄덕였다.

배울 만큼 배운 여자이다. 다시 말해 사리 판단에 납득할 만한 주관이 있다. 여자라고 무조건 여성가족부를 감싸지 않는다는 것이다. 그녀가 해체에 동의했다.

이쯤 되면 분위기를 몰아가야 한다.

홍진표 의원님, 안녕하시지요?

요즘 후원회 홈페이지가 사이버 테러에 시달린다는 기사를 접했습니다. 시대에 역류하려는 일부 몰지각한 자들의 소행이라 생각합니다.

빨리 복구되길 빕니다. 정상화되는 대로 저도 후원회에 가입하여 의원님의 국정 활동에 일조하도록 하겠습니다.

방금 전 국방장관님의 특별 담화문 발표를 보았습니다. 저는 그분의 의견에 전적으로 동의합니다.

의원님 생각은 어떠신지 궁금합니다.

천지건설 부사장 김현수 올림

이메일을 보내놓고 가방을 쌌다. 그럴듯한 공구나 장비 하나 없이 갈 수는 없기 때문이다.

"조심해서 잘 다녀오세요."

"응. 걱정하지 마."

집을 떠나 성남공항까지 가는 동안 경호 차량의 에스코트를 받았다. 공항 입구에 당도하자 위병이 묻는다.

"필승! 어떤 용무로 오셨습니까?"

"김성률 공군참모총장님으로부터 이곳으로 와 달라는 전갈을 받았습니다."

"혹시 천지건설 김현수 부사장님이십니까?"

"네, 그렇습니다."

말을 하며 주민등록증을 보여주었다.

"저 차를 따라 안쪽으로 들어가십시오. 필승!"

위병 하사가 손짓한 곳을 보니 지프 한 대가 서 있다.

그 차의 뒤를 따라가자 군용기 한 대가 보인다. 예상대로 지프는 그 앞에 멈춘다. 대기하던 군인이 경례를 한다.

"필승! 이걸 타시면 됩니다."

"알겠습니다. 그런데 제 차는……."

"키를 주시면 저희가 안전하게 보관하겠습니다."

"그러시죠."

흔쾌히 대꾸하고는 가방을 꺼내 군용기에 탑승했다.

불과 5분도 지나지 않아 활주로를 달리는가 싶더니 공중으로 붕 떠오른다. 그리고 채 40분도 지나지 않아 착륙했다.

보통 한 시간쯤 걸리는데 항로를 무시하고 직선 비행한 듯하다.

"필승! 김현수 사장님이십니까?"

"그렇습니다."

"공군 제11전투비행단의 송광선 소령입니다. 지금부터는 제가 모시겠습니다. 타시지요."

대구공항에 당도하자 준비된 차량이 있다.

"참모총장님도 내려와 계십니까?"

"네, 잠시 후에 오신다고 합니다."

"이곳엔 슬램 이글이 몇 대나 있지요?"

"현재 60대가 운용되는 중입니다."

군인이라 그런지 다소 딱딱한 어투이다. 그러거나 말거나 궁금한 걸 물었다.

"그걸 직접 조종하십니까?"

"물론입니다. 102전투비행대대 제1편대장입니다."

"아, 그렇군요. 제가 알기로 대구공항에서 이륙할 때 소음 때문에 불편함이 있다고 들었습니다."

"맞습니다. 그래서 민원이 있었지만 이륙 각도를 30°로 올려서 해결했습니다."

제11전투비행단은 2009년부터 작전 능력 강화와 주민 피해 감소를 위해 전투기 저소음 출항 방안을 강구했다.

그러다 F-15K 이륙 각도를 높이기로 했다.

보통 전투기 이륙 시 풍향과 민항기 충돌 우려 등 안전상의 이유로 15°의 이륙 각도를 유지하고 있다.

하지만 F-15K의 특성을 최대한 활용하여 이륙하자마자 고도를 높이는 비행 매뉴얼을 만들게 되었던 것이다.

덕분에 소음 10㏈ 정도가 줄어드는 성과를 얻었다. 그래도 여전히 소리는 크다.

"F-15K는 어떤 문제점이 있는 전투기인가요?"

"스텔스 기능이 없다는 것과 작전 시간이 짧다는 것이 가장 큰 문제점입니다."

"그렇다면 몇 가지 물어보죠."

"말씀하십시오."

현수는 본인이 해주려는 것에 대한 것을 이야기했다.

"제가 개발한 기술이 있는데 이게 적용되면 기존 엔진의 연비를 비약적으로 향상시킵니다."

"그렇습니까?"

"예를 들어 F—15K는 마하 2.3, 최대 작전 반경 1,800㎞, 항속 거리 5,700㎞입니다. 맞습니까?"

송 소령은 정확히 알고 있다는 듯 고개를 끄덕인다.

"네, 맞습니다."

"이 때문에 이곳 대구에서 출격하면 독도에선 30분, 이어도 상공에선 20분 이상 작전을 할 수 없지요?"

"그래서 공중 급유기를 도입하려는 겁니다."

"그런데 제가 기체를 손보면 속력은 마하 3.0까지 늘어날 겁니다. 그리고 최대 작전 반경이라는 것은 없습니다."

"네? 작전 반경이 없다는 건 뭡니까?"

송광선 소령이 고개를 갸웃거린다. 현수가 공군에 대해 잘 몰라서 하는 이야기 같았기 때문이다.

"작전 반경이 없다는 것은 지구 어디든 공격이 가능해진다는 뜻입니다. 항속 거리가 68,400㎞로 늘어날 거니까요."

"네? 얼마요?"

"6만 8,400㎞가 맞습니다."

"세, 세상에! 그, 그게 말이 됩니까?"

이제야 말을 더듬기 시작한다. 완전히 상식 밖이다. 그런데 너무도 당연하다는 듯 말하기 때문이다.

하여 현수는 피식 실소를 지었다. 이런 반응이 있을 거라 예상한 때문이다.

그러거나 말거나 송 소령의 눈에는 흰자위가 많아진다. 동공 크기는 그대로인데 눈을 크게 뜬 때문이다.

"또한 F-15K는 완벽한 스텔스기가 됩니다. 지구의 어떤 레이더로도 잡아낼 수 없으니까요."

"스, 스텔스! 그것도 완벽한 스텔스기라 했습니까?"

"맞습니다. 현재로선 아군의 레이더로도 잡아낼 수 없는 게 흠입니다. 레이더 바로 앞까지 다가가도 절대 인식을 못합니다."

"헐!"

송 소령은 멍한 표정이다.

이 세상의 어떤 레이더로도 잡을 수 없는 전투기는 상상도 못해봤기 때문이다. 여기에 결정적인 펀치까지 날린다.

"또한 적외선과 전자기파로도 탐색이 불가능합니다. 따라서 미사일로부터 매우 안전합니다."

"세상에!"

이 말이 사실이라면 새롭게 선보이게 될 F-15K는 미국이 자랑하는 F-22 랩터를 능가하는 지상 최강의 전투기이다.

그렇기에 나직한 탄성만 낼 뿐이다.

"이제 F-15K 슬램 이글 60대는 스텔스기로 바뀌게 될 겁니다. 작업이 끝난 후 직접 조종해 보시고 불편함이 있으면 제게 연락 주십시오."

"……!"

송 소령이 입을 딱 벌린다.

파일럿으로서 꿈에서도 바라는 것이 스텔스기이다. 그런데 애기(愛機)가 그렇게 된다니 놀란 것이다.

이때 현수가 쐐기를 박는다.

"참고로, 해군의 KD-2 이순신함급 구축함 6척과 독도함은 이미 스텔스함으로 개조되었습니다. 조만간 세종대왕함급과 잠수함들도 모두 스텔스화 될 겁니다."

말이 끝나기 무섭게 송 소령이 전면만 응시하던 시선을 돌린다. 방금 한 말이 참말이냐는 뜻이다.

"송 소령님, 초면이지만 제가 누군지는 아시죠?"

"무, 물론 알기는 합니다."

"아시는 대로 제 IQ는 세계 최고입니다. 아인슈타인도 저에 비하면 돌대가리지요."

"끄으응!"

믿을 수 없는데 믿지 않을 수도 없다. 현수가 세계 최고의 천재라는 건 이미 알려진 사실이다.

그에 대한 반증이 페르마의 마지막 정리를 새로운 방법으로 증명한 것과 세계 6대 난제를 모조리 풀어낸 것이다.

이것은 전 세계 수학자들이 모조리 달려들었어도 해결하지 못한 것이다.

천재가 아니라면 불가능하다. 뭘 보고 베끼거나 할 수 있는 성질의 성과가 아니기 때문이다.

그러므로 현수는 누가 뭐라 해도 천재 중의 천재이다.

따라서 다른 어떤 과학자나 기술자도 이루어낼 수 없는 것을 할 수도 있을 것이다.

방금 들은 이야기가 진짜라면 공군은 세계 최강이 된다.

F-15K 슬램 이글 60대뿐만 아니라 KF-16 파이팅 팔콘 140대, 그리고 F-16 40대가 스텔스기가 된다.

대한민국 공군이 완벽한 스텔스기 240대를 보유하게 되는 것이다. 이 정도면 추가로 기체를 도입할 필요가 없다.

뜨거운 감자가 되어 의견이 분분한 KFX-3 사업은 아예 접어버려도 된다.

거의 다 된 밥이라 여기고 있을 록히드 마틴에선 배가 아프겠지만 개들 걸 꼭 사줘야 할 이유가 없다.

나중에 KAI에서 KF-2015의 개발을 끝내면 그것을 보고 천천히 생각해 봐도 된다.

"방금 하신 말씀, 정말입니까?"

"오늘은 딱 한 대밖에 개조 작업을 못합니다. 송 소령님의 기체를 손봐드리지요. 작업이 끝나면 직접 확인하세요."

"…제11전투비행단을 대표하여, 아니, 공군을 대표하여, 그것도 아닙니다. 대한민국 국민을 대표하여 깊은 감사를 드립니다. 오늘 김 사장님을 모신 걸 영원히 잊지 않겠습니다."

송 소령의 얼굴은 몹시 상기되어 있다. 마음속에 이는 격동 때문이다. 그리고 현수가 말한 대로 이루어진 전투기를 몰게 되기를 간절히 바라는 마음 때문이기도 하다.

잠시 후, 격납고에 당도했다. 사전에 연락을 받은 공군 항공 정비병들이 도열해 있다가 경례한다.

"전체 차렷! 편대장님께 대하여 경례! 필승!"

"필승!"

"쉬어!"

"쉬어!"

열중쉬어 자세로 도열해 있는 정비병들 뒤에는 F-15K 슬램 이글의 엔진이 해체되어 있다. 성남공항으로 향하는 동안 이렇게 해줄 것을 요청한 결과이다.

정비병들은 공군 군수사령부 제82항공정비창 소속이다.

지난해 약 9개월에 걸친 15계통 3,410공정에 달하는 세심하고 꼼꼼한 창정비 과정을 밟은 고급 인력이다.

창정비는 항공기의 안정적인 운영 · 유지를 위해 수행되는 정비 개념 중 최상위 개념이다.

이들은 비행 운영부대의 정비 능력을 초과하는 수리 · 개조 · 제작 등의 제반 정비 업무를 맡는다.

참고로 F—15K의 창정비는 기체 수명과 안전성을 향상시키고 원활한 작전 수행을 가능케 하는 필수 과정이다.

이들은 그제 참모총장 김성률의 특명에 따라 이곳에 와서 대기했다. 현수가 언제 올지 모르지만 최대한 시간을 아껴주기 위함이다. 이들에 의해 눈에 보이는 것처럼 F—15K의 엔진이 분해된 것이다.

"그럼 작업을 시작하겠습니다. 고도의 집중력이 필요한지라 주변에 사람이 있으면 곤란합니다. 따라서 모두 자리를 비워주시기를 요청드립니다."

"네, 알겠습니다."

송 소령은 가타부타 토 달지 않고 정비병들을 데리고 격납고 밖으로 향한다. 참모총장으로부터 무엇을 요구하든 즉시 들어주라는 명령을 받은 바 있기 때문이다.

한편, 항공 정비병들은 고개를 갸웃거린다.

전투기의 엔진은 아무나 다룰 수 있는 게 아니기 때문이다. 그러나 어쩌겠는가. 편대장님의 지시이다.

찍소리 않고 따라나설 수밖에 없다.

쿵—!

격납고의 문이 닫혔다. 현수는 CCTV의 존재를 살폈다.

없을 리 있겠는가! 곳곳에 설치되어 있다.

휴대폰을 들어 방금 나간 송 소령에게 전화를 걸었다.

"송광선 소령님, 보안을 위해 격납고 내부 CCTV를 모두 꺼 주십시오."

"알겠습니다."

몹시 까다롭다는 느낌이 든다. 하지만 찍소리 않고 이마저 현수의 뜻대로 해줬다.

애기가 스텔스화 되고 작전 반경도 없는 전투기로 탈바꿈되기만 하면 이런 정도는 아무것도 아니기 때문이다.

모든 준비가 갖춰지자 먼저 엔진부터 손봤다.

마법진을 부착시키고 활성화 마법까지 걸었다. 이제 5,700㎞이던 항속 거리는 68,400㎞로 12배 늘어난다.

한번 뜨면 지구를 한 바퀴 반 이상 돌 수 있게 될 것이다.

이것만으로도 비싼 항공유를 엄청나게 절약하니 공군에겐 큰 도움이 되는 일이다.

다음은 전파, 음파, 및 전자기파 흡수 마법진 설치이다. 현수는 이를 간단히 스텔스 마법진이라 부르기로 했다.

조종석에서 마법진의 구현과 해제가 가능하도록 자그마한 스위치를 달았다. 누르면 가동되고 다시 한 번 누르면 꺼지는 방식이다. 이것을 분해하려 하면 자폭한다.

적외선 추적을 벗어나게 하는 방법은 간단하다.

배기구에서 뜨거운 배기가스가 뿜어져 나오는 즉시 아이스 마법이 구현되는 것으로 해결된다.

이걸 완성시키기 위해 와이드 센스 마법에 대한 공부를 다시 했다. 온도 부분만 해결하면 되기 때문이다.

어쨌거나 이 기체는 더 이상 적외선 추적 방식의 미사일을 두려워하지 않아도 되게 되었다.

헤이스트와 그리스 마법진도 설치되었다. 마하 3.0의 속력으로 비행하기 위해선 필수이다.

소음을 차단하는 논 노이즈 마법진도 당연히 적용된다.

F-15K의 이륙 소음은 118㏈ 정도이다.

이것이 30㏈ 이하로 저감될 것이다. 웬만해선 전투기가 이륙하는 소리를 듣지 못할 정도가 되는 것이다.

마지막은 얼마 전에 이론적 완성을 본 반중력 마법의 적용이다. 설치에 앞서 여러 물건에 이 마법을 적용시켜 안정성을 확인해 보았다.

시간이 상당히 많이 걸리는 일인지라 중간에 앱솔루트 배리어와 타임 딜레이 마법까지 구현시켜야 하였다.

결계 밖 시간으로 다섯 시간 만에 자그마한 마법진 하나가 완성되었다. 현수의 시간으론 37.5일 동안 한잠도 자지 않고 연구하여 완성한 것이다.

이로써 반중력 마법은 95%쯤 완성된 것이다.

어쨌거나 이번에 만든 마법진은 불의의 사고로 전투기가 추락할 때를 대비한 것이다. 이것이 구현되면 지면으로부터 20m 높이에서 기체가 멈추게 된다.

중력 자체가 사라지므로 전투기가 가진 관성이 사라지기 때문에 가능한 일이다. 물론 엔진 추력을 제거한 상태여야 한다. 다시 말해 조종사의 협조가 있어야 멈춘다.

아무튼 더 이상 전투기가 떨어지는 일은 없을 것이다. 추락을 미연에 방지할 수 있게 된 것이다.

현수의 이 마법은 다른 항공기에도 적용 가능하다. 세계 곳곳에서 일어나는 추락 사고를 없앨 수 있는 것이다.

획기적인 것인지라 공개하면 떼돈을 벌 것이다. 모르긴 해도 모든 손해보험사가 환호할 것이다.

하지만 그럴 순 없다. 기술이 아닌 마법이기 때문이다.

"이건 내 비행기에도 적용해야지."

기장 윌리엄 스테판에게 절대충성 마법을 걸 예정이다. 아내들이 이동할 때 책임자이기 때문이다.

당사자에게 해되는 일이 아니니 꺼려 할 일은 아니다.

"흐음! 이제 되었나?"

마지막으로 점검했다.

스텔스화, 저소음, 적외선 추적으로부터의 자유, 연비 개선, 속력 향상, 마지막으로 추락 방지까지 모두 만족스럽다.

CHAPTER 04

저를 못 믿으십니까?

"언락!"

철커덕—!

격납고의 문을 열자 송광선 소령과 김성률 공군참모총장 등이 기다리고 있다.

"아! 참모총장님, 반갑습니다."

"이렇게 와주셔서 정말 감사합니다."

"무슨 말씀을……. 공군에서 제 청을 들어주셨으니 당연히 도와드려야지요. 안으로 들어가시겠습니까?"

"네, 그러시죠."

격납고 내부로 들어온 일행은 무엇이 달라졌는지를 살피느라 여념이 없다. 특히 항공 정비병들의 시선이 매섭다.

하지만 여러 마법진은 눈에 보이는 것이 아니다. 따라서 전과 달라진 것이라곤 딱 두 가지뿐이다.

전에 보지 못하던 스위치 두 개가 추가된 것이다.

“설명을 부탁드려도 되겠습니까?”

“그러시죠. 그런데 저분들은…….”

항공 정비병들을 바라본 참모총장이 웃는다.

“굉장히 입이 무거울 겁니다. 걱정하지 않으셔도 됩니다.”

“알겠습니다. 그럼 어떻게 개조되었는지를 설명해 드리겠습니다. 먼저 이 스위치부터 말씀드리지요. 이건…….”

스텔스 기능을 가동하고 해제하는 방법부터 설명했다.

한 번 누르면 레이더에 안 잡히고 다시 한 번 누르면 평범한 F－15K가 된다.

이 스위치는 위치를 마음대로 옮겨 달아도 된다. 원격으로 가동하는 것이라 설명했다. 다만 어디에 그런 장치가 추가되었는지는 말해줄 수 없다고 하였다.

정비병 모두 말도 안 된다는 표정이다.

“자, 다음은 적외선 추적으로부터 자유롭게 된 것을 설명드리겠습니다. 아시겠지만…….”

배기가스가 뿜어질 때의 와류를 계산하여 즉시 냉각되는

원리라는 설명에 이번에도 모두 입을 벌린다.

말도 안 되기 때문이다. 그러거나 말거나 현수의 설명은 이어졌다.

"이 기체의 항속 거리는 5,700㎞였습니다. 하지만 엔진을 손봐서 이제부터는 68,400㎞입니다."

"네? 연비가 12배나 나아졌다는 말씀이십니까?"

"그렇습니다."

"말도 안 됩니다. 그게 가능한 일입니까?"

정비병들은 도저히 믿을 수 없다는 표정이다.

"그건 송 소령님이 직접 조종해 보시면 금방 알 수 있는 일입니다."

"아!"

정비병들은 입을 다물었다. 현수의 말대로 해보면 알 일이기 때문이다. 다시 말해 백문이 불여일견이다.

"다음은 속력에 관한 부분입니다. 기존엔 마하 2.3이 최고 속도였으나 마하 3.0으로 상향시켜 놨습니다. 익숙해지도록 노력하셔야 할 것입니다."

"알겠습니다."

송 소령이 굳은 표정으로 고개를 끄덕인다.

참모총장이 있기에 찍소리 않고 고개만 끄덕이지만 전부 거짓말 같아 믿기지 않는다.

"다음은 소음 부분입니다. 기존 이륙 소음은 118dB 정도 된 것으로 알고 있습니다. 앞으론 이륙 각도를 15°로 해도 30dB 이하로 떨어질 겁니다."

"그럼 이륙할 때 소음이 거의 없다는 뜻이잖습니까?"

현수가 하는 거짓말을 반드시 드러나게 하고야 말겠다는 듯 질문한 정비병의 음성은 까칠했다.

그러거나 말거나이다. 태연한 표정으로 대꾸했다.

"아마도 그럴 겁니다. 이것 역시 직접 해보시는 게 제일 좋습니다. 조금 있다 출격할 때 꼭 소음을 측정해 보십시오."

"알겠습니다. 챙기지요."

계급장을 보니 준위이다.

"다음은 극비 중의 극비 사항입니다. 이 기체엔 추락 방지 장치가 장착되어 있습니다. 역시 어디에 어떻게 부착되어 있는지는 설명하지 않겠습니다."

"추락 방지 장치라니요? 그런 것도 있습니까?"

급기야 김성률 공군참모총장이 입을 연다. 들어본 적도 없는 이야기이기 때문이다.

흔히들 이야기한다.

추락하는 것은 날개가 있다고.

전투기엔 당연히 날개가 있다. 따라서 전투기는 추락할 수 있는 물체이다. 그런데 그걸 방지하는 장치가 있다고 한다.

현수는 이런 질문을 예상했다. 하여 격납고에 있던 스패너에 일회용 반중력 마법진을 그려놨다.

"이것 또한 굉장히 고차원적인 개념으로 설계된 것이라 설명해 드릴 수 없습니다. 다만 눈으로 보게 해드릴 수는 있습니다. 보십시오. 이건 격납고에 있던 스패너입니다."

"……!"

모두들 고개를 끄덕인다. 격납고마다 각종 공구의 분실 방지, 또는 구별을 위해 각기 다른 색을 칠해놓기 때문이다.

현수의 손에 들린 건 분명 이 격납고용 색깔이다.

"저는 이 스패너에 딱 한 번만 작용할 수 있도록 장치를 했습니다. 보다시피 눈에 보이지 않을 정도로 작은 겁니다. 그리고 설정된 높이는 2m입니다."

"……!"

현수가 스패너를 흔들 때마다 사람들의 시선 또한 흔들린다. 텔레비전에 나온 마술사의 손만 유심히 바라보는 의심 많은 패널들 같은 모습이다.

"자, 보십시오. 이잇!"

현수는 들고 있던 스패너를 던져 올렸다. 거의 천장까지 올라갔던 스패너가 자유 낙하를 시작한다.

"아앗! 어떻게 저런 일이?"

"엥? 이게 말이 되는 거야?"

"헐! 저건 뭐지? 말도 안 돼!"

"세상에! 어떻게 이런 일이! 이건 마법이야!"

모두들 입을 딱 벌린다. 자유 낙하하던 스패너가 허공에 떠 있기 때문이다.

"가까이 가서 봐도 됩니까?"

"물론입니다."

말이 떨어지기 무섭게 우르르 달려들어 허공에 떠 있는 스패너를 살펴본다.

혹시 잘못될까 싶어 그러는지 손대는 사람은 없다.

"잘 보셨습니까?"

말을 하며 허공에 떠 있는 스패너를 잡아 내렸다. 무게가 없는 상태인지라 너무도 가볍다.

"추락 방지 장치 역시 스위치를 가동시켜야 합니다. 다만 엔진 추력이 있을 경우엔 그 힘 때문에 추락할 수 있으니 엔진만 멈춰주면 됩니다. 아시겠습니까?"

"네? 네."

송광선 소령은 넋이 나간 모양이다.

"이 장치는 일회성입니다. 다시 말해 딱 한 번만 작동됩니다. 하지만 확실히 가동될 겁니다. 그러니 시험해 보진 마십시오."

"아, 알겠습니다."

송 소령은 이제 불의의 사고로 순직하는 일이 없어졌다.

이 사실을 알게 되면 가족들도 안도할 것이다. 하지만 극비라 했다. 누구에게도 말 못할 일이 하나 늘어난 것이다.

"이상입니다. 이제 조립하십시오."

"조립하게."

참모총장의 명이 떨어지자 정비병들이 달려들어 조립을 시작한다. 물론 그전에 세세히 살펴본다.

대체 어디에, 무엇을, 어떻게, 어떤 방법으로 장치했는지를 살펴보는 것이다. 하지만 어디에도 흔적은 없다.

정비병들은 고개만 갸웃거린다. 이들이 작업하는 동안 현수는 제11전투비행단장실로 안내되었다.

집무실에서 결재 서류와 씨름하던 황 준장이 자리에서 벌떡 일어선다. 직속상관을 보았으니 당연한 일이다.

"필승! 참모총장님을 뵙습니다."

"필승! 황 준장, 잘 있었는가?"

몹시 친한 듯 아주 편한 표정들이다.

"네! 총장님 덕분에 몸 성히 잘 지내고 있습니다."

"이쪽은 내가 이야기했던 김현수 사장님이네."

"아! 반갑습니다. 제11전투비행단장 황재기 준장입니다."

"네, 김현수라 합니다."

"일단 자리에 앉으시지요."

당번병이 차를 내왔다. 그러는 동안 송 소령으로부터 자신의 애기가 어떻게 개조되었는지에 대해 설명을 들었다.

당연히 못 믿겠다는 표정이 역력하다. 전부 다 허무맹랑하고 황당무계한 이야기뿐이기 때문이다.

"총장님, 송 소령의 말을 믿어도 되는 겁니까?"

차마 현수를 거론할 수는 없었던 모양이다.

"여기 계신 김현수 사장님이 하신 일이니 직접 물어보게."

"김 사장님, 송 소령의 말이 정말 사실입니까?"

황 준장의 말에 현수는 빙그레 웃었다.

"백문이 불여일견이지요. 조금 있으면 정비를 마칠 테니 직접 출격하고 귀환하는 송 소령님에게 들어보십시오."

"허참, 도무지 믿기지 않는 이야기뿐인지라……. 죄송합니다, 의심해서."

"아닙니다. 당연히 그렇지요. 상식 밖의 일이니까요."

"그러게요."

황 준장이 속내를 감추지 않고 고개를 끄덕인다. 이때 현수의 시선은 김 총장에게 가 있다.

"총장님, 서울에서 이곳까지 왔다 가는 데 시간이 많이 소요됩니다. 성남공항으로 작업장을 옮길 수는 없는지요?"

"…알겠습니다. 그쪽에서 작업하실 수 있도록 공간을 마련토록 하겠습니다. 황 준장, 들었지? 매일 한 대씩 성남공항으로 보내도록 하게. 제82항공정비창 소속 정비병들은 특별 파견 형식으로 보내고."

"알겠습니다. 지시대로 하겠습니다."

현수의 말처럼 되기만 하면 성남공항이 아니라 더한 곳이라도 가져다 놓을 수 있다.

세계 최고의 전투비행단장이 되는 일이기 때문이다.

심지어 전투기를 들고 있으라고 해도 그럴 생각이다. 그렇기에 고개를 힘차게 끄덕인다. 이때 송 소령이 입을 연다.

"총장님, 김 사장님은 점심도 굶으셨습니다."

"아! 그렇지. 황 준장, 식사 준비되나?"

"네? 아, 네. 그런데 지금 지시하면 시간이 걸릴 겁니다. 차라리 나가서 드시지요."

"그럴까? 그럼 그러세."

일행은 기지 인근 식당에서 식사를 하고 되돌아왔다. 격납고에 가보니 작업이 끝나가는 중이다.

"시험 비행하는 거 보고 가실 거죠?"

"물론입니다."

현수가 고개를 끄덕이자 송 소령이 나지막하게 한숨을 쉰다. 잘못되면 추락할 수도 있는 일이라 생각한 때문이다.

"마음 편히 가지십시오. 이륙해서 관제탑과 송수신하실 때

주의할 점은 스텔스 스위치를 가동시키면 통신이 안 된다는 겁니다. 수신은 물론이고 송신 또한 불가능합니다. 이 점 유념하십시오."

"알겠습니다."

"그리고 출력을 최대로 높이면 마하 3.0까지 올라간다고 했습니다. 아직 이 속력에 익숙지 않을 터이니 주의를 기울이십시오."

"그것 또한 유념하겠습니다."

"이륙 후 비행 시 소음이 어느 정도인지 측정해 오는 것도 잊지 마십시오."

"물론입니다. 잊지 않겠습니다."

현수는 황 준장에게 시선을 돌렸다.

"비행단장님, 연비 테스트와 이륙 시 소음 측정을 해야 하니 계측기기를 준비시켜 주십시오."

"알겠습니다."

기체가 준비되기까지 남은 시간 동안 세세하게 주의 점을 알려주었다. 그러는 동안 만반의 준비가 갖춰졌다.

"송 소령, 세세한 것까지 잘 살펴보고 와야 하네."

"알겠습니다. 필승! 출격합니다."

"그래, 다녀와."

송 소령이 기체에 올라타는 동안 김성률 참모총장과 황재기 비행단장은 관제탑으로 향했다. 남아 있는 정비병들은 모두 마른침을 삼키며 긴장된 표정으로 바라보고 있다.

쉬이이이이이—!

이윽고 엔진이 가동되었다. 그런데 엄청 조용하다.

"헐! 어떻게 이런 일이……! 들으려고 애쓰지 않으면 못 들을 수도 있겠어."

"그러게 말입니다. 혹시 엔진에 문제가… 아, 아닙니다."

정비병 중 하나가 얼른 고개를 흔든다. 생각하고 싶지 않은 일이기 때문이다.

쉬이이이이이—!

대한민국 공군의 주력 전투기 F—15K 한 대가 활주로를 박차고 솟아오른다. 이륙 각도는 종전처럼 15°이다.

전투기 이륙이 끝나자 황 준장이 무전기로 묻는다.

"박 준위, 이륙 소음은 얼마였나?"

"미, 믿을 수 없습니다. 28.8데시벨입니다, 단장님."

"뭐? 28.8데시벨? 혹시 기기 고장 아닌가?"

"기기 고장 아닙니다, 단장님. 제 육성을 측정해 봤습니다. 기기엔 이상 없습니다."

참모총장 김성률과 황재기 준장은 입을 딱 벌린다. 현수의 말을 전부 믿은 것은 아니기 때문이다.

"관제탑 통신 시작해."

"네, 알겠습니다. 아아, 여기는 어미새! 제비 나와라!"

"여기는 제비다! 현재 순항 중이다!"

송광선 소령의 송신이다.

"송 소령, 나 단장이다. 현재 고도는?"

"현재 4만 2,000피트입니다."

"기체 반응은?"

"아주 좋습니다."

"좋아! 현재 소음은?"

"…으음! 23.6데시벨입니다. 정말 믿기지 않습니다. 고요해도 너무나 고요합니다."

"헐!"

23.6데시벨은 아주 조용한 방 안의 소음이다.

"단장님, 잠시 후 스텔스 스위치를 켜겠습니다. 그리고 3분 후에 해제하겠습니다. 그동안 관제탑 상공을 선회 비행토록 하겠습니다. 이격 거리는 5~10㎞입니다."

"좋아! 실시!"

"실시!"

황 준장의 말이 떨어지기 무섭게 레이더에서 송 소령의 애기가 사라진다.

"헉! 레이더에 잡히지 않습니다, 단장님!"

"정말?"

"네, 방금 말씀하신 순간 완전히 사라졌습니다."

"레이더 이상은 아니지?"

"물론입니다. 고장 아닙니다."

관제요원은 괜한 의심이 억울하다는 표정이다.

F—22의 레이더 반사면적(RCS)은 0.0001㎡로 알려져 있다. 이는 말벌 정도의 크기라고 할 수 있다.

이 정도 크기를 발견하려면 F—15K의 능력으로는 약 12km까지 다가가야 한다. 조기경보기인 E—737은 약 30~40km 거리에서 간헐적으로 발견할 수 있다.

현재 F—15K는 관제탑 레이더로부터 5~10㎞ 이내를 비행하는 중이다. 당연히 레이더에 잡혀야 한다.

F—22도 포착되는 거리이기 때문이다.

그런데 아주 깨끗하다. 레이더 상에 아무것도 나타나지 않는 것이다. 이건 스텔스화가 100% 성공했음을 의미한다.

"우와아~!"

관제요원들이 탄성을 터뜨린다.

"아! 대단하군!"

김성률 참모총장이 나직한 탄성을 낸다.

잠시 시간이 흘렀다.

"아! 레이더에 다시 잡힙니다."

관제장교의 말에 이어 송 소령의 통신음이 들린다.

"단장님, 레이더에 어떻습니까?"

"귀관의 존재를 알 수 없었네. 완벽한 스텔스였어."

"아! 그렇습니까? 그럼 이제부터 속력 측정 들어갑니다."

말을 마친 송 소령이 출력을 높인다.

"관제장교, 속력 측정하게."

"네, 단장님! 현재 속력 1.8… 2,0, 2.2, 2.4, 2.6, 2.8… 3.0……. 마하 3.0입니다, 단장님!"

"으음! 진짜였네."

황 준장은 현수가 바로 곁에 있음에도 속내를 감추지 못한다. 너무도 놀라운 일의 연속인 때문이다.

"이제 연비만 나오면 되겠군요. 한 시간쯤 실컷 비행하라고 하시지요."

"알겠습니다. 송 소령, 작전 항로를 따라 이어도 상공까지 갔다 오게. 혹시 모르니 스텔스 스위치 올리고."

"네, 알겠습니다, 단장님!"

레이더 상에 빠르게 남하하던 점이 사라진다. 이제 돌아와 연비만 재보면 될 일이다.

"자, 단장실로 가시지요."

"그러세."

셋이 단장실로 들어가 커피를 마시며 이런저런 이야기를 나눴다. 아까와 같은 불신은 완전히 사라졌다.

모든 게 현수가 말한 대로 된 때문이다.

"정말 고맙습니다. 김 사장님 덕분에 우리 공군이 두 단계쯤 업그레이드될 모양입니다."

김성률 참모총장의 입가에 부드러운 미소가 어린다.

"이 나라 국민입니다. 당연히 할 일을 한 거지요. 다만 전에도 말씀드렸듯이 최고의 보안을 유지해 주셔야 합니다. 안 그러면 저 제명까지 못 살고 죽을 수 있다는 거 아시죠?"

"당연한 말씀이십니다. 이건 극비 중의 극비로 다루도록 하겠습니다."

김성률 총장과 황재기 준장 모두 고개를 끄덕인다. 그들을 바라보는 현수의 눈에 갈등의 빛이 흐른다.

마법을 쓸 것인가 말 것인가를 고심하는 중이다. 그러다 할 수 없다는 표정으로 입술을 달싹였다.

"앱솔루트 피델러티!"

샤르르르르르―!

급기야 절대충성 마법이 구현되고 말았다.

사람의 마음은 갈대와 같아서 화장실 들어갈 때의 마음과 나올 때의 마음이 다르다고 한다.

당장은 보안 유지가 되겠지만 언젠가는 새어 나갈 수도 있다. 그렇기에 이게 최선이라 생각하였다. 내키지는 않았지만 마법을 쓴 것이다.

현수는 둘에게 보안의 중요성을 당부했다. 아울러 관제 요원들과 항공 정비병들도 불러 절대충성 마법을 걸었다.

이제 전투기에 탑승하는 파일럿들만 제어하면 된다. 그렇게 되면 공군에선 기밀이 100% 유지될 것이다. 목에 칼이 들어와도 결코 입을 열지 않을 것이기 때문이다.

이런저런 이야길 나누고 있는데 노크 소리가 들린다.

똑, 똑, 똑—!

"누군가?"

삐걱—!

"필승! 소령 송광선, 시험 비행 마치고 보고 드립니다."

"좋아, 말하게."

"김현수 사장님에서 말씀하신 게 사실인 듯합니다. 연료 게이지가 거의 내려가지 않았습니다. 현재 정비병들이 체크 중에 있습니다. 이상입니다."

"그래, 수고했네. 이쪽으로 앉게."

"네, 알겠습니다."

하늘같은 참모총장이 있는 자리이다. 그렇기에 많이 긴장한 듯 보인다. 현수가 말을 걸었다.

"송 소령님, 비행해 보시니까 어떻습니까?"

"전과 달리 아주 조용해서 좋았습니다. 또한 마하 3.0이란 속도를 체감할 수 있었습니다."

"비행할 때 기체의 흔들림이라든지 기타 이전에 느끼지 못하던 이상은 없었습니까?"

"전혀 없었습니다. 아주 쾌적하고 좋았습니다."

송 소령은 두 주먹을 무릎 위에 대고 전면만 바라보며 대답한다. 높은 사람 앞이라 쫄아 있다는 뜻이다.

"이쪽에선 송 소령의 기체가 레이더에 잡히지 않았네. 축하하네. 대한민국 최초로 완벽한 스텔스기였네."

"아! 그렇습니까?"

진짜냐는 표정으로 비행단장을 바라본다. 이에 황 준장이 고개를 끄덕인다.

"맞아. F-22도 12㎞ 이내에선 레이더에 잡히는데 자네의 기체는 전혀 나타나지 않았네."

"그럼 제 F-15K가 랩터보다도 상위가 되는 겁니까?"

"그래. 랩터를 장님으로 만든 상태로 타격할 수 있게 되었지. 자넨 방금 세계 최강의 전투기를 조종한 것이네."

"아……!"

송 소령이 긴 탄성을 낸다. 이때 노크 소리가 들린다.

똑, 똑, 똑-!

"들어오게."

"필승! 준위 박철, 단장님께 보고 내용 있어 왔습니다."

"그래, 보고하게."

"네! 방금 전 출격 마치고 귀환한 송광선 소령님의 기체 연비 측정이 끝났습니다. 비행 거리 대비 연료 소모량을 계산한 결과 내부 연료 탱크 7,634리터로 비행할 수 있는 거리는 68,400㎞가 맞습니다."

"……!"

비행단장과 참모총장, 그리고 송광선 소령이 놀랍다는 표정을 지을 때 박 준위의 보고가 이어진다.

"참고로 기존 연비에 비해 12배 향상된 겁니다."

모두의 시선이 현수에게 쏠린다. 어떻게 이런 성과를 냈느냐는 표정이다. 하지만 현수는 태연하다.

현수의 입장에선 당연한 일이기 때문이다.

"자, 제 말대로 결과가 나왔군요. 앞으로는 성남공항에서 일할 수 있게 되기를 빕니다."

"김 사장님, 대한민국 공군을 대표하여 깊은 감사를 드립니다. 일동 차렷!"

김성률 참모총장이 자리에서 일어서자 모두가 따라 선다.

"김현수 사장님께 대하여 경례! 필승!"

"필승!"

"아이고, 왜 이러십니까?"

얼른 고개 숙인 현수가 손사래를 친다.

"아까도 말씀드렸듯이 저도 국민입니다. 국민의 한 사람으로서 국가 전력 향상에 약간의 힘을 보탠 겁니다. 그러니 부담스럽게 이러지 마십시오."

"알겠습니다. 앞으론 이러지 않지요. 그래도 고마운 건 고마운 겁니다. 앞으로도 잘 부탁드리겠습니다."

"네. F-15K 60대와 KF-16 160대, 그리고 F-15 40대는 확실히 손봐드리겠습니다. 다만 제가 해외출장이 잦다는 것만 감안해 주십시오."

"해주시는 것만으로도 감사드립니다. 언제든 시간 나실 때 편하게 작업하실 수 있도록 준비토록 하겠습니다."

현수는 대구 K-2기지를 떠나 성남공항으로 되돌아왔다.

도착해 보니 공군 SART 팀이 대기 중이다.

"필승! 김현수 사장님을 보호하라는 참모총장님의 명을 받았습니다. 1팀장 이동춘 중위입니다."

"네? 아, 반갑습니다. 김현수라 합니다."

SART는 Search And Rescue Team의 약자로 공군의 항공특수구조팀을 뜻한다.

한 명의 조종사를 양성하는 데 드는 비용은 대단히 많다. 그렇기에 사고 발생 시 즉각 구조대를 보낸다.

SART가 바로 이들이다.

대원들 모두 간단한 외과 수술, 응급치료법 등 의료 분야를 익히고 있다.

뿐만 아니라 부상당한 조종사를 구출하는 경우도 있기에 그를 업고 수십㎞를 이동할 체력이 있다.

그리고 '내 목숨은 버려도 조종사는 구한다'는 SART의 구호대로 희생정신까지 갖추고 있다.

공군 최강 부대라 해도 과언이 아니다.

김성률 공군참모총장은 현수를 위해 SART 9개 팀을 파견했다. 3팀이 1개 조가 되어 하루 3교대 경호를 한다.

1개 팀은 근거리 경호를 맡고, 2개 팀은 중장거리 경호를 맡도록 되어 있다. 팀당 인원은 6명이니 총원 54명이다.

절대충성 마법 때문이기도 하고, 공군 전력 증강에 절대적 도움을 주는 존재를 보호하기 위한 조치이기도 하다.

"끄응! 알았습니다."

현재에도 경호 인력이 넘쳐나는 중이다. 그런데 인원이 더 늘어난다니 나직한 침음이 절로 나온다.

행동에 제약을 받기 때문이다.

'할 수 없지.'

현수는 체념했다. 모르긴 해도 240대가 모두 스텔스화 되어도 이런 경호는 계속될 것이다. 공군에서 추가로 도입하는 모든 기체까지 손봐줘야 하기 때문이다.

'세계 최강이 되면 그때는 멈추겠지. 쩝!'

갈 때보다 차량이 6대나 더 늘어 있다. SART 18명이 합류

한 결과이다.

"다녀오셨어요?"

연희가 방긋 웃으며 상의를 받아준다.

"그래, 별일 없지?"

"네. 저는 오늘 오후에 회사에 다녀왔어요."

"회사에?"

"네. 아직 직원이잖아요, 저."

"아, 그렇군."

강연희는 현재 천지기획 과장으로 발령 난 상태이다.

발령 난 이후 단 하루도 출근하지 않았지만 집에서 놀고만 있었던 것은 아니다.

리우데자네이루 재개발 사업을 수주하기 위한 자료 수집을 했고, 아이디어를 내려고 노력 중이다.

"박 과장 봤겠네?"

"네. 요즘 김지윤 과장과 연애 중이라면서 예전에 불쾌하게 한 것 있으면 용서하라 하더군요."

"그랬어?"

"그래서 조금 마음이 편했어요. 여전히 찝쩍대면 어쩌나 하면서 갔거든요."

"그래서 간 일은?"

"그동안 제가 수집했던 걸 내놨어요. 아이디어 목록도 제출했고요. 박 과장님이 취합한다고 하더군요."

그 말이 사실이냐는 표정을 짓자 고개를 끄덕인다.

CHAPTER 05

운전 한번 해보자

"맞아. 그 일은 전적으로 박 과장이 하고 있어. 창구가 일원화되어야 업무 효율이 높을 것 같아서. 아무튼 수고했네."

"네. 저녁 식사는요?"

"아직이야. 지현이와 이리냐는?"

"언니는 오늘 야근이래요. 이리냐는 아직 브레즈네프 변호사와 있구요. 조금 있다 온대요."

"그래? 샤워부터 할게."

"네. 저는 식사 준비할게요."

현수는 샤워 가운을 걸친 채 식사를 했다. 따끈한 밥과 된

장찌개만으로도 훌륭한 저녁이었다.

식사 후 차 한 잔 마시려 소파에 앉았더니 눈이 내린다.

"어머! 눈이 와요."

아이처럼 기분 좋은 듯 환히 웃는데 너무나 예쁘다.

결국 연희는 지현과 이리냐가 오기 전에 곯아떨어졌다. 혈기왕성한데 너무 예쁘게 보이면 이렇게 된다.

현수는 마법으로 깨울까 하다 그만뒀다. 충분한 휴식이 필요할 것이기 때문이다.

잠시 후 지현과 이리냐가 귀가했다.

둘은 잠든 연희를 보며 깔깔대고 웃었다. 자신들도 그리 될 것이란 생각을 아직은 못하는 듯하다.

"리노! 셀다! 오늘도 달려볼까?"

컹컹! 컹컹!

두 녀석이 좋다고 펄펄 뛴다. 요즘 적절한 운동을 하고 양질의 식사를 해서 그런지 체구가 부쩍 큰 것 같다.

"아리아니, 오늘도 거기에 머물러?"

"아뇨. 오늘은 거기 말고 다른 데로 가세요."

"알았어. 자, 출발!"

현수가 나서자 경호원들이 인사한다. 그들은 현수가 제공한 컨테이너 덕에 아주 편하게 근무하는 중이다.

하루 세 끼 모두 인근 식당에서 배달해 준다. 선불로 돈을 줘서 그런지 아주 푸짐하다.

컨테이너엔 2층 침대와 온열기가 설치되어 있어 편안한 수면을 취할 수 있다.

다음은 항온의류이다. 일반인처럼 보이는 아웃도어용과 근무복이라 할 수 있는 양복이 지급된 상태이다. 새로 지급된 구두에는 항온마법진이 있기에 발도 시리지 않다.

마지막으로 연한 색깔을 띤 선글라스도 주어졌다.

귀고리 부분에 항온마법진이 그려져서 바람이 불어도 귀와 얼굴이 시리지 않아 매우 좋다.

가장 좋은 건 인원이 많다는 것이다.

육 · 해 · 공군과 국정원, 토탈가드, 그리고 이실리프 경호 소속으로 알려진 스페츠나츠들이다.

비번이 되면 이들과 함께 운동하며 여러 가지 내기를 벌이는 재미에 사는 중이다. 모두들 자신이 최강이라 생각하는 사람들이기에 매우 치열하다.

"잠깐만 모여주시겠습니까?"

"네? 아, 알겠습니다."

경호원이 손짓하자 여기저기 짱박혀 있던 인물들이 모여든다. 이전에 있었던 저격 사건 때문이다.

"오늘 저는 오전엔 역삼동 이실리프 빌딩에 갈 겁니다. 이후엔 귀가하여 집에서 쉴 예정입니다. 저와 제 아내를 경호해 주시는 여러분께 깊은 감사를 드립니다. 하여 저녁때 여러분을 모시고 회식을 했으면 합니다."

"…감사합니다, 사장님!"

"네, 기대되는군요. 하하하!"

다 같이 음식을 먹으며 친교의 시간을 갖자는데 싫을 이유가 있겠는가!

"오늘은 저녁에 비번인 분들도 모두 오셨으면 합니다. 편안한 잠자리까지 제공할 것이니 다들 불러주십시오."

"알겠습니다. 모두 집합시키죠."

경호 인력 중 계급이 제일 높은 사람은 육군에서 파견한 소령이다. 그렇기에 모두를 대표하여 나선 모양이다.

"그럼 이따 뵙겠습니다. 저는 운동하러 갑니다."

"네, 잘 다녀오십시오."

현수가 매일 아침 운동을 하면서 아차산 일대는 경계 병력이 늘어났다. 번거로운 것을 싫어한다는 것을 알고 미리 문제가 될 만한 것을 점검하는 차원이다.

물론 현수는 이러한 사실을 모른다.

안다면 자신 때문에 애먼 사람들이 잠 못 자고 고생하는 것을 어찌 좌시하겠는가.

리노와 셀다를 데리고 아침 운동을 마치고 오니 셋이 화사한 웃음을 지으며 맞이한다. 이들과 단란한 아침 식사를 만끽했다. 참으로 살맛나는 세상이라는 느낌이다.

"다녀오세요."

"그래. 집 잘 지켜."

"쳇! 저는 집 지키는 멍멍이가 되었군요."

연희가 짐짓 삐친 표정을 짓는다. 현수는 얼른 달려가 진한 키스를 해줬다.

"멍멍이는 아니지."

"그럼 뭔데요?"

"으음! 집 지키는 병아리? 크크! 예쁘고 귀엽잖아. 아무튼 집 잘 지켜. 이따 올 테니."

"알았어요. 청소해 놓고 기다릴게요."

오늘은 연희만 외출 계획이 없다. 지현은 업무 때문에 출근해야 하고, 이리냐는 오늘 촬영 스케줄이 있다.

쉐리엔 광고를 새로 찍기로 했다고 한다.

지현부터 내려주었다. 남종우, 김종철, 박태화, 심계섭 검사와 또 마주쳤다.

"안녕하세요, 검사님들!"

"아! 김현수 사장님, 또 뵙네요."

"네. 어제도 한잔하셨나 보네요."

보아하니 컨디션이 모두 엉망인 듯싶다. 하긴 하루 종일 격무에 시달린다. 퇴근하면 푹 쉬어야 하는데 그러지 못하고 습관처럼 한잔하니 피곤이 풀릴 시간이 없다.

"네, 오늘 공판도 있는데… 쩝!"

심계섭 검사는 생각만으로도 피곤하다는 표정을 짓는다.

"그럼 수고하세요."

"네, 또 뵙죠."

인사를 하곤 일제히 돌아선다. 남의 여자가 되어버린 지현을 보는 것만으로도 괴롭기 때문일 것이다.

"매스 바디 리플레쉬!"

샤르르르릉—!

눈에 보이지 않는 마나가 넷의 몸속으로 파고든다.

그와 동시에 체내에 쌓여 있던 피로 물질들이 빠른 속도로 분해되기 시작한다.

걷는 동안 조금씩 컨디션이 나아지고 있었지만 넷은 느끼지 못하고 있다. 뒤따라 걷고 있는 지현에게 신경 쓰느라 여념이 없기 때문이다.

검찰청을 벗어날 때 이리냐가 궁금하다는 표정을 짓는다.

"저분들에게 뭐해주신 거예요?"

"응. 너무 피곤해 보여서 피로를 풀어줬어. 자기들 힘들어할 때 해주는 것처럼."

"아, 그거요?"

이리냐는 손가락 하나 까딱할 기운이 없을 때라도 현수가 마법을 걸어주면 거짓말처럼 몸이 편해짐을 느끼곤 했다.

그렇기에 어떤 기분인지를 정확히 인지하고 있다.

"그래주면 몸이 편해지지?"

"그럼요. 되게 좋아요."

이리냐가 내린 곳은 이태원 호텔 앞 커다란 유리 건물 현관 앞이다. 이실리프 엔터테인먼트 조연 대표가 대기하고 있다 얼른 다가온다.

"어서 오십시오, 회장님!"

"네, 요즘 잘나가시죠? 이리냐 잘 부탁드려요."

"걱정하지 마십시오. 그런데 잠깐 시간 있으십니까?"

현수는 주차장에 차를 대고 건물 로비로 들어섰다.

조연 대표는 이리냐의 상품 가치가 매우 높으니 이실리프 엔터테인먼트 소속 모델이 되게 해달라고 한다.

의향을 물어보니 해보고 싶다 하여 흔쾌히 고개를 끄덕여 주었다.

"세계적인 모델이 되도록 하겠습니다. 감사합니다."

조연 대표는 진흙 속의 진주를 발견한 기쁨에 환한 웃음을 짓는다.

실제로 이리냐는 세계적인 모델이 된다.

기존의 쉐리엔 광고는 전 세계에 방영되는 중이다. 여기에 항온의류 모델까지 했다. 이미 지명도는 얻었다.

그런데 새롭게 찍게 되는 광고는 이리냐가 미란다 커보다도 유명한 모델이 되게 만든다.

독특한 콘셉트가 미모와 몸매를 돋보이게 한 결과이다.

새 광고의 콘셉트는 마법이다.

이 광고에서 이리냐는 신데렐라로 등장한다.

그런데 몸매가 매우 뚱뚱하다. 무도회에 가고 싶은데 옷은 너무 작다.

너무도 예쁜 드레스이지만 몸에 맞지 않는 것이다. 하여 슬프게 울고 있을 때 마법사가 나타난다.

그녀가 준 쉐리엔을 먹고 날씬하고 섹시한 여자로 변모한다. 이윽고 무도회장에 도착하자 모두의 시선이 쏠린다.

왕자가 나타나 몸매 유지 비결을 묻는다.

이때 쉐리엔을 꺼내서 보여준다. 다음엔 둘이 가벼운 운동을 하며 조깅하는 모습이 비춰진다.

이날 이후 빗발치는 광고 섭외에 몸살을 앓게 된다. 선점하는 기업이 가장 좋은 이미지를 가질 수 있기 때문이다.

이리냐는 각 분야에서 이름난 기업들의 광고를 찍게 된다.

물론 어마어마한 수입을 올린다. 하지만 현수가 주는 용돈에는 미치지 못한다.

"어서 와라! 웬일이냐? 부르지도 않았는데."

바쁜 업무를 수행하던 주영이 의아하다는 표정이다.

"난 그냥 오면 안 되냐?"

"설마 내게 또 뭔가를 시키려고 그러는 거냐? 진짜야?"

생각만으로도 겁난다는 표정이다.

"나, 내일모레 장가가는 거 알지?"

더 이상 일 시키지 말라는 뜻일 것이다.

"알아, 알아. 오늘은 뭐 일 시키려고 온 게 아니야. 일단 나랑 좀 나가자."

"나가? 설마 밖에 일을 만들어놓은 거냐?"

주영은 여전히 의심스럽다는 표정이다.

"아냐, 인마. 하여간 나하고 좀 나가."

"알았다."

현관 밖으로 나가니 노란색 스피드가 보인다.

"차 타고 나가? 그럼 저 차 내가 한번 운전해 보자."

"운전을 해? 니가? 면허증은 있어?"

주영은 왼팔을 전혀 쓸 수 없는 장애인이었다. 당연히 면허증이 없을 것이라고 생각했다. 그런데 의외의 대답을 한다.

"있어. 얼마 전에 땄거든."

"바쁘다면서 운전 연습할 시간은 있었나 보네."

"야, 결혼하면 나도 은정 씨랑 놀러 다니고 그래야지."

"알았다. 하지만 조심해라. 차가 아주 민감하다."

"오냐. 걱정 마라. 이래 봬도 내가 다닌 운전학원에선 베스트 드라이버로 불렸다."

주영이 운전석에 앉자 이것저것 설명을 해주었다.

"자, 시동 걸고 출발해."

"그래. 와아! 이 차 엄청 조용하다! 스포츠카라 되게 시끄러울 줄 알았는데."

주영은 신기하다는 표정을 짓고는 액셀러레이터를 밟는다.

의당 '부우웅!' 하는 소리가 들려야 하는데 아무런 소리도 들리지 않자 이건 뭔가 하는 표정을 짓는다.

그리곤 기어를 넣으며 더욱 세게 액셀러레이터를 밟는다. 그 순간 기다렸다는 듯 스피드가 도로 밖으로 튀어 나간다.

그런데 하필이면 그 순간에 지나던 차가 있었다.

끼이익―! 콰아아앙―! 와지직! 콰지직―!

"야! 액셀러레이터에서 발을 떼야지, 그걸 계속 밟고 있으면 어떻게 해? 어서 발을 떼!"

초보 운전자들은 사고가 날 경우 정신을 차리지 못한다더니 지금 주영이 그러하다. 액셀러레이터를 계속 밟고 있다.

현수는 서둘러 기어를 빼고 시동을 껐다. 그리곤 얼른 차에서 내려 상대 차로 다가갔다.

조수석에 고통스런 표정을 짓고 있는 청년이 있다. 그러고 보니 조수석 문짝과 펜더(Fender)가 움푹 파여 있다.

"으읏! 으읏!"

콰지직—!

사고 결과 문이 잘 열리지 않았다.

하지만 힘주어 잡아당기자 열린다. 그랜드마스터의 힘이 아니었다면 유압 장비가 필요했을 것이다.

"괜찮으세요?"

"으으! 괜찮은 줄 알았는데. 으으! 아파요."

나직한 비명에 다리를 보니 다친 듯 피를 흘리고 있다.

"안 되겠네요. 119 부르겠습니다."

전화를 꺼내 사고 내용을 알리자 금방 출동한다고 한다.

100% 주영에게 과실이 있기에 차를 옆으로 빼도록 했다.

노란색 스포츠카가 골목에서 튀어나와 지나던 차를 들이받는 사고에 사람들이 몰려들어 있다.

시선이 많았기에 마법을 쓸 수 없는 상황이다.

잠시 후 구급 차량이 당도했다.

현수와 주영은 병원으로 가는 동안 경찰서에 신고했다. 사고 내용과 인적 사항을 불러주니 금방 온다고 한다.

응급실에 당도하여 접수를 하고 나니 엑스레이 먼저 찍겠다며 피해자를 데리고 간다.

"미안합니다. 저희 쪽 운전자가 초보라……. 100% 저희 실수입니다. 저희가 가입한 종합보험 처리를 하겠습니다."

"아, 네."

피해 운전자가 고개를 끄덕인다.

상대가 과실을 인정하며 모든 걸 부담하겠다는 뜻을 밝히니 뭐라 할 말이 없는 것이다.

기다리는 동안 경찰이 와서 사고내용을 기록하고 갔다.

차량이 찌그러졌고, 부상을 입었지만 심하진 않다.

이럴 경우엔 자동차 종합보험에 가입되어 있고 피해자와 합의되면 형사처벌 없이 해결된다.

다만 11대 중과실 사고의 경우는 예외이다.

신호위반, 중앙선 침범, 속도위반, 앞지르기 금지위반, 철도 건널목 통과위반, 횡단보도 사고, 무면허, 음주, 보도 침범 사고, 개문발차 사고, 어린이 보호구역 사고를 뜻한다.

경찰이 그냥 간 이유는 부상 정도가 경미한 때문이다.

부러진 것으로 알았는데 뼈나 인대에는 아무런 이상이 없다고 한다. 마침 음료수 병을 들고 있었는데 충돌 시 그게 깨지면서 상처를 입은 것이다. 의사의 소견은 전치 2주이다.

"괜찮으세요?"

"네. 조금 찢긴 것뿐이라 하더군요."

"죄송합니다. 저희가 실수했습니다."

"괜찮습니다. 이 정도는 생활하다가도 다치는데요."

피해자가 흔쾌히 나오니 뭐라 할 말이 없다. 이때 피해자가 동승했던 운전자에게 시선을 준다.

"근데 의사가 오늘 경기는 안 된다는데 어쩌지?"

"그러게. 할 수 없이 양 감독님도 뛰라고 해야지. 잠깐만."

운전자가 전화기를 들고 번호를 누른다.

"감독님, 전데요, 오늘은 감독님도 뛰셔야겠습니다."

"나? 난 안 돼! 어제 너무 폭음해서 컨디션 빵점이야. 지금 세상이 다 어지러워. 근데 무슨 일 있어?"

"네, 영식이가 교통사고가 나서 몇 바늘 꿰맸습니다. 그래서 오늘 경기 못 뛴다고 합니다."

"헐! 그럼 어쩌냐? 우린 후보선수도 없는데."

잠시 통화를 하는데 내용이 다 들린다.

보아하니 이들은 사회인 축구팀의 일원이다. 후보 없이 감독 한 명과 선수 열한 명으로 구성된 팀이다.

팀의 명칭은 '오리지날'이다. '**오리**도 **지**랄하면 **날** 수 있다'는 뜻으로 죽어라 뛰면 이길 수 있다는 뜻이다.

오늘은 모 기업에서 개최한 사회인 축구대회 결승전이 치러지는 날이다.

오리지날 팀은 후보선수 없이 대회에 참가했음에도 운 좋게 부상 없이 결승까지 올라왔다.

팀원 중에 고등학교 때까지 선수 생활을 했던 사람만 다섯이나 된다. 학교를 졸업하고도 계속하여 운동을 했기에 타 팀에 비해 기량이 좋다는 평가를 받고 있다.

1등 상금은 1,000만 원이고, 준우승은 300만 원이다.

"아! 마누라에게 트로피 가지고 들어간다고 큰소리쳤는데 어쩌지? 그냥 열 명으로만 뛸까? 양 감독님은 그냥 아무 데나 서 있으라 하고."

운전자의 말에 피해자가 아쉽다는 표정을 짓는다.

"하필이면 오늘……. 재수가 없는 거지. 어떻게 하겠냐? 상대팀도 만만치 않는데……. 우리가 질 거야."

"그렇겠지? 웬만큼 하는 사람 하나만 있어도……."

운전자의 시선이 현수에게 머문다. 이제 겨우 25세로 보이는데다 뚱뚱하지도 않다.

반면 주영은 좀 둔하게 보인다. 요즘 책상 앞에만 있어 살이 찐 때문이다. 은정이 잘 먹인 덕분이다.

"저, 혹시… 축구 좀 하십니까?"

"네? 저요?"

"네. 이 친구가 우리 팀 수비순데 보다시피 부상당해 출전할 수 없게 되었습니다. 혹시 축구 좀 하시면 이 친구를 대신해서 한 경기만 뛰어주실 수 없겠습니까?"

"……!"

현수는 아무런 대꾸도 하지 않았다. 어떻게 대답해야 할지 난감한 때문이다. 이때 주영이 끼어든다.

“이 친구 축구 잘해요. 학교 다닐 때 우리 과 대표선수였어요.”

“아, 그렇습니까? 그럼 한 게임만 어떻게 안 되겠습니까?”

“끄응!”

현수가 나직한 침음을 낼 때 주영이 또 끼어든다.

“야, 한 게임 뛰어드려. 나 때문에 다치셨는데 난 축구를 못하잖아. 그러니 네가 나 대신 좀 해줘라.”

이때 피해자가 입을 연다.

“최종 수비수 자립니다. 전방에 있는 친구들이 워낙 잘해서 웬만하면 공이 잘 안 갈 겁니다. 그러니 맘 편히 먹고 참여해 주십시오.”

“…알겠습니다. 그렇게 하지요. 하지만 너무 기대하지는 마십시오. 이 친구가 칭찬을 했지만 저는 그냥 평범한 수준입니다.”

현수는 대강 뛰는 척만 할 생각에 이렇게 대답했다.

“아, 다행이다. 야, 어서 감독님 매제에게 연락해. 선수 등록 해야지. 안 그래?”

“그, 그래, 알았다. 전화할게.”

타 팀은 20명의 선수를 모두 등록한 상태지만 오리지날 팀은 감독 외 11명만 등록되어 있다.

그런데 대회를 개최한 회사에 오리지날 팀 감독의 매제가 근무하고 있다. 이번 대회 프런트이다.

그의 담당 업무는 대외 홍보 및 선수 등록이다. 다시 말해 마음만 먹으면 언제든 선수 등록을 해줄 수 있는 자리이다.

"참, 성함과 나이가 어떻게 되시죠?"

"저요? 저는 김현수라 합니다. 나이는 서른입니다."

"네? 정말요? 진짜 동안이시네. 잠시만요."

운전자가 잠시 자리를 비웠다. 사람이 많은 곳에서 대화하기엔 그랬나 보다.

"다시 말씀드리지만 저희의 부주의로 다치게 하여 미안합니다. 차량 수리비와 병원비, 그리고 그 밖에 피해 입은 것이 있으면 모두 보상하겠습니다."

"괜찮습니다. 살다 보면 다칠 수도 있는 건데요, 뭐. 찌그러진 거 수리해 주시고 여기 병원비만 내주시면 됩니다."

"고맙습니다. 아무튼 치료 잘 받으십시오."

"물론입니다."

화기애애한 분위기이다.

"야, 됐어. 이제 가면 돼. 지금 가도 되지?"

"제가 간호사에게 물어보겠습니다."

주영이 가서 몇 마디 물어보고는 고개를 끄덕인다.

넷은 택시를 타고 이실리프 빌딩으로 갔다.

차 안에 있던 경기용품은 모두 챙겼다. 사고 차량은 이실리프 상사 직원들에게 수리를 의뢰하도록 지시를 내렸다.

스피드는 이실리프 모터스 광주 공장으로 보내졌다.

둘은 곧장 대회가 열리는 효창운동장으로 향했다.

현수와 주영은 다른 차로 이동했다. 축구화가 없기에 사러 들렀다 가야 했기 때문이다.

"미안하다. 차도 찌그러뜨리고 사람도 다치게 해서."

"아냐, 괜찮아. 차야 고치면 되지. 그리고 큰 부상이 아니라 다행이야. 그나저나 운전 연수 좀 받아. 초보 주제에 민감한 스포츠카에 도전하니까 그렇지."

"쩝! 할 말이 없다. 아무튼 미안하다."

"그건 그렇고, 너한테 할 말이 있다."

"뭔데?"

이제 본격적인 이야기가 나오겠다 싶었는지 굳은 표정이다. 지은 죄가 있기에 뭐라 하든 들어야 하기 때문이다.

"너, 제수씨와 요즘 트러블 있지?"

"…들었냐?"

뭔지 대충 짐작한다는 표정이다.

"그래."

"너도 알다시피 나도 그렇고 그 사람도 그렇고 어려운 삶을 살았잖아. 우리 둘 다 네 덕에 팔자 핀 거고."

"그 얘긴 빼고 본론만 말해."

"알았다. 아무튼 어렵게 살다 이제 살 만해졌다. 솔직히 살 만해진 게 아니라 진흙탕 속의 미꾸라지였는데 이젠 용 된 거나 마찬가지다. 그래서 과거를 잊고 앞으로는 우리도 멋지게 살아보자는 뜻에서 무리하려 했다."

"무리? 내가 알기로 넌 2캐럿짜리 다이아몬드 반지를 예물로 고르려 한다고 들었다. 맞냐?"

주영은 순순히 고개를 끄덕인다.

"그래! 그거하고 세트로 해서 목걸이와 팔찌까지 봐뒀다."

"그거 다해서 얼만데?"

"…5,200만 원인데 5,000만 원만 내라고 하더라. 네가 살 집까지 빌려줬으니 집은 안 구해도 되니까."

주영의 말이 맞다. 살 집은 이미 있다. 가구도 거의 다 갖춰져 있다. 따라서 신랑 입장에선 예물만 준비하면 된다.

그렇기에 다소 큰돈이 든다는 걸 알지만 내지를 생각이다. 평생에 한 번뿐인 결혼이기 때문이다.

"제수씨는 돈 아껴서 미래를 위해 저축하고 싶다던데?"

"그 사람은 그렇지. 살림하는 여자잖니."

이번에도 고개를 끄덕인다. 은정이 왜 그러는지 충분히 인지하고 있다는 뜻이다.

"야, 내 가방 좀 열어봐."

"네 가방을? 왜?"

"아무튼 열어봐."

"알았어."

뭔가 보여주려나 싶어 가방을 여니 벨벳 상자 세 개와 서류 봉투 하나가 있다.

"상자 세 개와 서류 봉투 한 개 있다. 어떤 거 꺼내?"

"가장 작은 상자."

주영이 반지가 든 상자를 꺼내 든다.

"그거 열어봐라."

대체 뭐가 들어 있나 궁금한지 순순히 뚜껑을 연다. 하트 모양 보석이 박힌 반지가 보인다.

"반지네. 예쁘다. 근데 이건 뭐냐?"

"네 결혼 예물. 내가 주는 선물이다. 잉가댐 현장 부근에서 주은 원석을 가공한 거니까 부담 갖지 않아도 돼."

"이걸 주웠다고? 알이 꽤 큰데?"

"크면 뭐하냐? 알아봤더니 다이아몬드이긴 한데 품질이 아주 좋은 건 아니라고 한다."

"그래?"

주영은 3.5캐럿짜리 무결점 초특급 블루 다이아몬드가 박힌 드워프제 반지를 보고 있다.

루페 같은 확대경이 없어 디자인의 세부까지 살필 수는 없다. 요즘 과중한 업무 때문에 눈이 침침해진 탓이다.

하지만 한 가지는 확실하다. 다이아몬드의 커팅이 하트 모양이라는 것이다. 아주 예쁘다.

"다른 상자도 열어봐."

"……!"

대꾸 없이 제일 큰 상자를 연다. 5캐럿짜리 초특급 블루 다이아몬드가 박힌 목걸이가 들어 있다.

"그 정도면 은정 씨도 마음에 들어할 거야."

"이거 다이아몬드냐?"

"아니. 모이사나이트라고 하는 거야."

"모이사나이트? 그건 또 뭐냐?"

"인조 다이아몬드다. 진품보다 값이 훨씬 싸다."

"아!"

주영이 나직한 탄성을 낸다. 인조 보석이라면 비싸지 않으니 은정도 거절치 않을 것이란 생각을 한 것이다.

현재 주영이 보고 있는 다이아몬드는 5캐럿짜리이다. 가격은 대략 9억 원 정도 할 것으로 예상된다.

다음에 본 건 1캐럿짜리 다이아몬드 일곱 개를 박아 만든 팔찌이다. 이것 역시 드워프제이다.

예술품의 반열에 오를 정도의 세공이 가미된 것이다. 굳이 가격을 매기자면 2억 원 정도 할 것이다.

"이거 진짜 선물이냐?"

"그래. 너는 가서 3부짜리 다이아몬드가 박힌 귀걸이나 한 쌍 사라. 아무것도 안 사는 건 좀 그러니까."

"…고맙다."

주영은 현수가 얼마나 큰 부자인지를 누구보다도 잘 알고 있다. 그렇기에 호의를 거절하지 않는다.

"봉투도 열어봐라."

"봉투?"

서류 봉투 안에 든 걸 꺼내보니 겉면에 '등기권리증' 이란 굵은 글씨가 인쇄되어 있다.

"넘겨봐."

"부동산 샀어? 이런 건 내게 맡기지."

말을 하며 서류를 넘기던 주영의 움직임이 멈춘다. 눈에 익은 이름 두 개가 보인 때문이다.

민주영과 이은정이다.

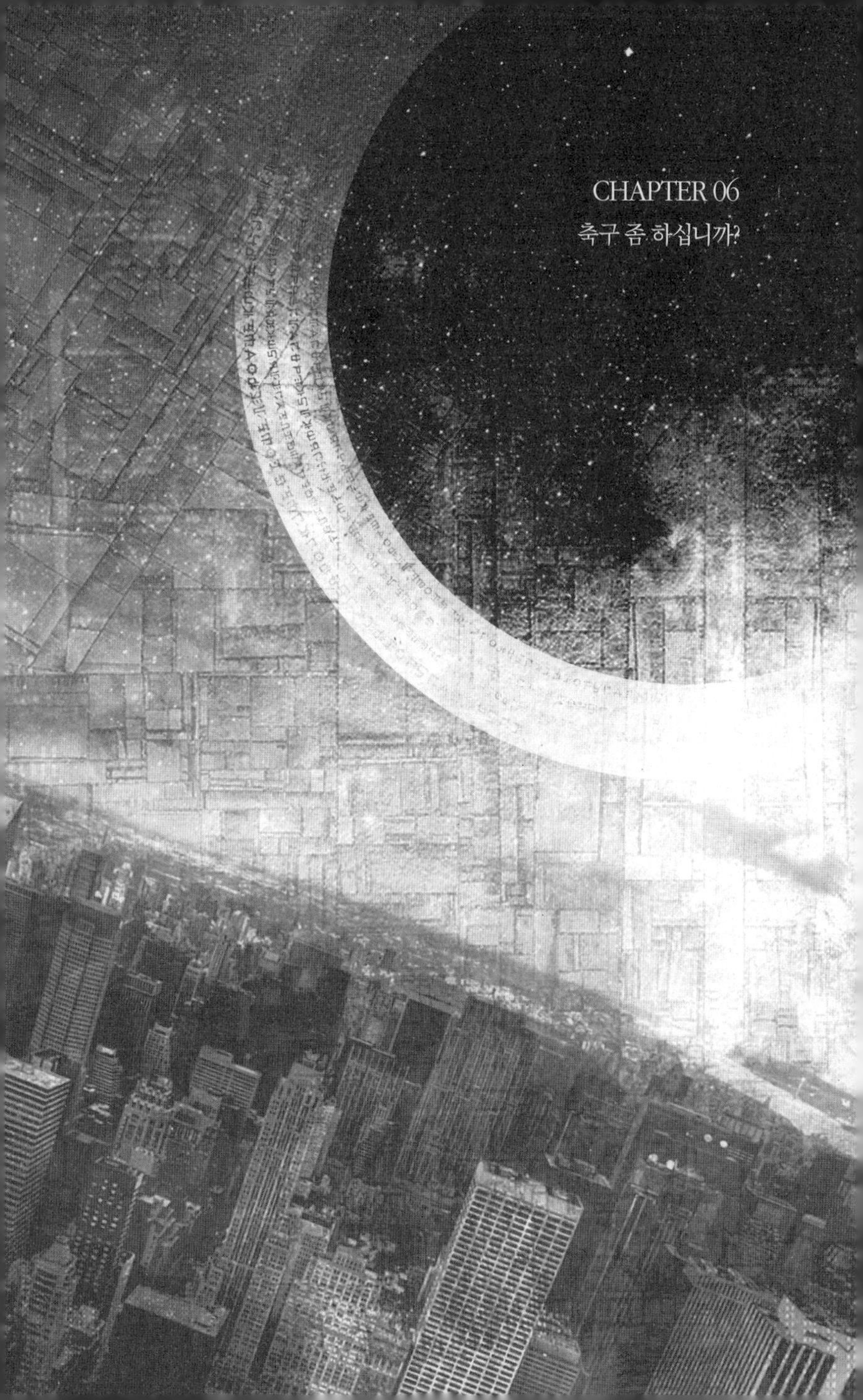

CHAPTER 06

축구 좀 하십니까?

"너희 부부 결혼 선물이다. 새로 지은 건물인 건 알지?"

현수가 준 서류는 이실리프 무역상사가 입주해 있는 건물 전체의 등기권리증이다.

"현수야!"

"너와 제수씨는 내 회사의 핵심이야. 그러니 딴소리 말고 받아. 그리고 하나 더 있다. 그다음 거 봐."

"알았다."

주영은 등기권리증 아래에 있던 것들을 살펴본다. A4용지 크기의 사진 50개이다.

"여긴 어디냐? 되게 좋아 보인다."

"제주도 섭지코지에 있는 유니콘 아일랜드에 있는 건물들이야. 그중에 하나 골라."

"뭐? 설마……!"

"알다시피 이연서 회장님께서 50채를 주셨다. 나 혼자 50채 다 쓸 수는 없잖아. 그러니 하나를 너희 부부에게 줄게. 마음에 드는 걸로 골라."

"현수야……!"

주영은 목이 메는지 말을 잇지 못하고 있다.

"대신 죽도록 일을 해야 할지도 몰라."

"현수야, 고맙다. 정말 고맙다."

급기야 주영이 눈물을 글썽거린다.

일가친척 하나 없는 고아나 마찬가지 신세였다.

게다가 왼팔마저 쓸 수 없었다. 운영하던 무적 1등 수학교습소는 망해가는 중이었다.

그때 홀연히 나타나 팔을 고쳐주고 취직도 시켜주었다.

그리고 그 회사에서 아내가 될 은정을 만났고, 승승장구하여 이실리프 상사 대표이사가 되었다.

아내는 이실리프 무역상사의 대표이사이다.

졸지에 사장 부부가 된 것이다.

이것만으로도 감당할 수 없는 은혜를 입었다. 그런데 결혼

예물과 집, 그리고 별장까지 준다고 한다.

어찌 감격스럽지 않겠는가!

"현수야, 살면서 너한테 진짜 잘할게."

"그래주면 나야 고맙지. 근데 오늘 같은 사고는 치지 마라. 이게 뭐냐? 일하러 가야 하는데 축구하러 가잖니."

현수가 부러 이런다는 것을 알기에 주영은 주먹으로 눈물을 훔친다.

"알았어. 앞으로 주의할게."

"그래, 그러면 됐어. 그리고 울지 마. 너와 난 친구잖아. 안 그래?"

"그래, 친구! 고맙다, 친구야! 안 잊을게."

이후 둘은 반지와 목걸이, 그리고 팔찌를 어찌 포장하여 은정이 받게 할 건지에 대해 작전을 짰다.

물론 은정과 미리 짰다는 이야긴 하지 않았다.

현수로선 재미있는 상황이다. 그렇기에 실실 웃어가며 그럴듯하게 코치를 해줬다. 가다가 축구용품점을 찾아 축구화 등을 구입한 뒤 효창운동장으로 향했다.

"아! 이쪽입니다, 이쪽!"

주차를 하고 있으니 저쪽에서 손을 흔든다. 미드필더라던 피해 차량 운전자이다.

"경기는 잠시 후에 시작입니다. 이 옷으로 갈아입고 준비운동하면서 몸 좀 푸세요."

"네, 알겠습니다."

라커룸에 들어가니 팀원들이 보인다.

"어서 오십시오. 오리지날 팀 주장 곽형근입니다. 오늘 잘 부탁드립니다. 최대한 뒤쪽으로 안 가도록 노력하겠습니다."

"아, 네. 저는……."

선수들이 다가와 각자 자기소개를 하며 인사했다. 현수는 매번 같은 대꾸를 했다.

"김현숩니다. 선수를 다치게 하여 죄송합니다."

이때마다 오리지날 팀원들은 이렇게 대답했다.

"살다 보면 그럴 때도 있죠. 마음 쓰지 마십시오. 그리고 오늘 경기, 져도 괜찮습니다. 사실 후보선수 하나 없이 여기까지 올라온 것만 해도 기적이니까요."

말은 이렇게 했지만 모두들 이겨보겠다는 표정이다.

하긴 가족들까지 와서 열렬히 응원하는데 지는 모습을 보여주고 싶은 사람이 누가 있겠는가!

"최선을 다하겠습니다."

열 번째 선수에게 이야기할 때 사내 하나가 나타난다. 유니폼은 입었지만 선수라 하기엔 다소 뚱뚱한 체구이다.

"이 친구야, 사고를 낸 사람이?"

"아니에요. 이분은 동승자예요."

"아, 그래? 미안합니다. 양영만입니다. 오리지날 팀 감독 겸 팀 닥터죠."

양 감독은 축구를 좋아하는 정형외과 전문의이다. 현재는 재활의학을 추가로 전공하고 있다.

물리치료학을 따로 공부했으며, 미국에서 카이로프랙틱(Chiropractic) 과정을 이수하고 온 바 있다.

이것은 그리스어에서 파생되었는데, 손을 뜻하는 '카이로(Cheir)'와 치료를 뜻하는 '프랙틱스(Praxis)'의 합성어이다.

약물치료나 수술을 하지 않고 예방과 유지적인 측면에 역점을 두어 신경과 근골격계를 복합적으로 다루는 치료이다.

실력 면에서 양영만은 최상의 팀 닥터이다.

"아닙니다. 선수를 다치게 하여 죄송합니다."

"네, 사과 받아들입니다. 근데 포지션은 아십니까?"

"최종 수비수라 들었습니다. 최선을 다하겠습니다."

현수의 대답에 양 감독은 다른 선수들에게 시선을 준다.

"가급적이면 공이 뒤로 가지 않도록 경기 내내 신경들 써. 알았지?"

배려의 뜻도 있지만 현수의 축구실력을 알 수 없기에 한 말이다.

"네, 알겠습니다."

"경기 끝나면 회식 있는 거 알지? 한 사람도 빠지지 말고 아이들과 제수씨와 애인들까지 모두 모이는 거야. 근데 영찬이 네 애인은 빼자."

"네? 왜요? 왜 제 여자 친구만 빼요?"

영찬이라 불린 사내가 대들 듯 묻는다.

"야, 한 달에 하나씩 갈아치워서 얼굴도 기억 못하겠다, 이 카사노바야. 다음 달엔 새로운 여자 데리고 올 거잖아. 그러니 현재의 네 애인은 우리가 얼굴을 알 필요도 없잖아."

"에이, 그래도 그건 아니죠. 그리고 저 이번엔 진짜 결혼까지 생각하고 있어요. 그러니 그런 말씀 마세요."

"그래? 그럼 경기 끝난 후 운동장에서 식 올려. 그런 다음에 데리고 와. 알았어?"

"와! 이런 억지가……."

영찬이라는 친구가 말을 이으려 할 때 방송이 나온다.

"결승전을 치를 양 팀은 운동장으로 나와 주십시오. 곧 경기 전 행사가 시작될 예정입니다."

"뭐해, 어서 나가지 않고?"

양 감독의 말이 떨어지자 우르르 몰려나간다.

경기 전 개회사가 있었다.

이번 대회를 개최한 회사의 사장이 한마디 한다. 회사 홍보 차원에서 개최되었는지라 사진과 동영상이 많았다.

현수는 팀원들과 어울려 공을 주고받으며 몸을 풀었다.

시간이 흘러 경기 시작 5분 전이 되었다.

“자자, 후보 없이 여기까지 올라오느라 애썼다. 오늘이 마지막이야. 원 없이 뛰어. 그리고 우승하자.”

양 감독이 말을 끝내곤 손을 내민다. 선수들 모두 그 위에 손을 얹는다.

“아싸, 아싸! 오리지날 팀 파이팅!”

“와아아아! 오리지날 팀 파이팅! 파이팅!”

관중석의 가족들이 일제히 응원의 함성을 질러준다. 상대팀 쪽도 만만치 않게 많은 응원단이 앉아 있다.

그들 역시 열렬한 응원을 보여주었다.

잠시 후, 페어게임을 하겠다는 뜻으로 상대팀 선수들과 일일이 악수를 나눴다.

심판이 양쪽 주장을 불러 동전으로 공수와 골대를 정했다. 현수네 팀은 4—4—2 포지션이다.

현수는 라이트 백 자리에 섰다.

경기가 시작되었다. 공을 점유한 포워드가 스트라이커에게 패스하자 상대팀이 달려든다. 이 공은 곧바로 레프트 미드필더에게 패스된 후 디펜시브 미드필더에게 보내졌다.

상대팀은 처음부터 강한 압박을 하겠다는 뜻으로 계속해서 달려든다. 다음 순간 현수의 앞으로 공이 온다.

얼떨결에 패스한 모양이다. 그러자 상대팀 스트라이커가 쏜살처럼 달려든다. 경기 시작 15초 후의 상황이다.

공을 받은 현수는 달려드는 상대팀 선수를 보며 공을 발바닥 아래에 두었다. 그리곤 몸을 돌려 간단히 따돌렸다.

지네딘 지단이 잘 쓰던 마르세이유 턴이다.

그리곤 공을 몰아 약간 전진했다. 그런데 패스할 곳이 마땅치 않다.

상대는 맨투맨 작전을 쓰는지 팀원과의 사이를 모두 점령하고 있다. 할 수 없이 조금 더 앞으로 몰고 나갔다.

어느새 하프라인을 넘었다.

팀원들은 어떻게든 패스를 받으려 이리저리 공간을 만들어보지만 상대가 만만치 않다.

패스할 길목을 모두 차단하고 있는 것이다. 뒤쪽에선 아까 제쳤던 스트라이커가 다시 달려든다.

빨리 패스하지 않으면 공을 빼앗길 수도 있는 상황이다. 하지만 침착하게 사방을 살피며 공 줄 곳을 찾았다.

여전히 마땅치 않다. 상대팀 스트라이커를 다시 한 번 따돌렸다. 그리고 또 전진했다. 그럼에도 패스할 곳이 없다.

어찌할 것인가를 생각하고 있는데 양 감독이 빨리 패스하고 제자리로 돌아가라는 손짓을 한다. 공을 빼앗기면 오른쪽이 휑하니 뚫려 버리는 상황이기 때문이다.

"에라, 모르겠다."

현수는 드리블(Dribble)하는 척하다 골대를 가늠하고는 그대로 슛했다. 무회전 킥이다.

콩고민주공화국 대표팀 선수들과 경기할 때 상대팀에 있던 셀레마니가 잘 차던 것이다.

골대까지는 다소 먼 거리이기에 저도 모르게 힘주어 찼다.

뻥—!

골대 쪽으로 날아가는 동안 공의 뒷면으로 다양한 소용돌이가 발생한다. 이것이 공의 움직임을 결정하는 요인이다.

이 현상에는 카르만의 소용돌이[Karman' s Vortex]라는 이름이 붙어 있다.

어쨌거나 현수의 강력한 킥에 의한 공은 이리저리 휘어지며 골대를 향해 아주 빠른 속도로 날아갔다.

말은 이렇게 했지만 대포알 같은 속도이다.

그랜드마스터이기에 약간 힘주어 찼을 뿐이지만 베컴이나 호날두보다도 훨씬 더 강한 힘이 작용된 때문이다.

"어어! 어어어어!"

양 감독의 입에서 나지막한 경악성이 터져 나온다. 상대 스트라이커를 마르세이유 턴으로 제친 것도 놀라웠다.

전혀 기대하지 못한 기술이기 때문이다. 그런데 무회전 킥까지 구사한다. 그런데 포탄보다도 빠른 듯하다.

마구(魔球)처럼 이리저리 휘어지는 공을 바라보는 상대팀 골키퍼는 긴장한 표정으로 방향을 가늠한다.

그냥 놔뒀으면 골대 곁을 스쳤을 공이다. 간격은 5㎝ 정도가 될 것이다. 그런데 지금까지의 상황을 흥미롭게 지켜보던 존재가 장난질을 친다.

아리아니가 개입한 것이다.

공이 골대까지 쇄도하자 슬쩍 방향을 바꿔주었다. 다음 순간 오른쪽 탑 코너로 그대로 빨려든다.

철렁—!

"와아아아아! 골이다, 골!"

"와아아! 와아아아!"

오리지날 팀원 및 가족들이 일제히 환호성을 지른다. 반면 상대팀은 멍한 표정이다. 상대편 수비수가 하프라인을 조금 넘긴 지점에서 때린 슛이 그대로 골망을 흔든 때문이다.

양 감독도 환호작약하며 좋아한다. 그런 그의 곁에는 대한민국 사람이라면 누구나 아는 인물이 서 있다.

대한민국 국가대표 축구팀 감독이다.

홍명보 감독은 오늘 신임 팀 닥터를 만나려 이곳에 왔다. 전임 대표팀 닥터에게 개인적 사정이 생긴 때문이다.

가족 중 지속적인 보살핌을 받아야 할 환자가 발생되어 자리를 내놓은 것이다.

전임 팀 닥터는 양영만을 후임으로 추천했다.

축구를 좋아하고, 축구에 대해 잘 알며, 대표팀 닥터로서 갖춰야 할 모든 것을 갖췄기 때문이다.

하여 만나자고 연락했더니 시합이 있다 하여 왔다. 그 덕에 방금 전의 마르세이유 턴과 무회전 킥을 보게 되었다.

"와아아! 잘했습니다! 정말!"

"하하! 이런 실력이 있는 걸 왜 숨겼습니까? 방금 전 무회전 킥, 정말 일품이었습니다. 뱀처럼 구불구불하며 날아가는데 정말 놀랐습니다. 대단합니다."

현수는 설마 그게 들어가겠나 싶었다. 그런데 골인이 되자 얼떨떨한 상황이다.

한편, 관중석에 있던 주영은 자리에서 벌떡 일어났다. 현수가 축구를 제법 한다는 건 알고 있었다.

그런데 프로팀 선수에 버금갈 실력을 지닌 상대팀 스트라이커를 너무도 쉽게 따돌렸다. 그것도 두 번이나.

그리고 멋진 골까지 넣자 흥분한 것이다.

"와아아! 김현수 파이팅! 파이팅!"

잠시 후, 공은 다시 센터서클 안에 놓였다.

그리고 경기는 속행되었다. 몰고 가다 빼앗기고, 그것을 다시 빼앗아 방향을 전환하는 공수가 잠시 이어졌다.

주로 왼쪽에서 일어난 일인지라 현수는 주시만 할 뿐이다.

그러던 중 상대가 공을 차는 순간 오리지날 팀원이 발을 갖다 댔다. 굴절된 공이 향한 곳은 현수 쪽이다.

"이런, 또야?"

공을 잡은 현수는 누구에게 패스할 것인가를 살폈다. 이때 전방을 향해 쏜살처럼 달리는 선수가 보인다.

드리블하여 전진하면서 그 선수의 속도와 방향, 그리고 수비수의 움직임 등을 가늠했다.

빵—!

현수의 발을 떠난 공은 골대 앞으로 쇄도하는 선수에게 쏘아져 갔다.

"슛! 슛!"

양 감독의 말이 떨어지기 무섭게 최전방 공격수는 날아오는 공에 발을 가져다 댔다. 발리슛이다.

퉁! 철렁—!

공을 잡아내기 위해 뛰어나오던 상대팀 골키퍼는 방향만 살짝 꺾인 공을 바라보고만 있을 수밖에 없었다.

이로써 1골 1어시스트가 된 셈이다.

"와아아! 골이다, 골!"

"와아아! 와아! 오리지날 만세! 2:0이야! 2:0! 와아아!"

또다시 환호성이 터져 나온다. 최전방 공격수는 현수에게 다가와 와락 껴안는다.

"현수 씨! 방금 전의 패스, 정말 일품이었습니다! 내 생애 최고의 패스였습니다! 덕분에 한 골 넣었습니다! 하하하!"

기쁨에 겨워 현수의 등을 팡팡 두들기고는 다른 선수들과 하이파이브를 한다.

잠시 후, 경기는 다시 속행되었다.

또다시 치열한 공방이 벌어졌다. 그렇게 10분쯤 흘렀을 때 또 현수에게 패스가 왔다.

가급적 패스하지 않겠다고 했지만 상대팀의 압박이 너무 심하니 어쩔 수 없어 보낸 모양이다.

현수가 드리블하며 전진하자 상대팀원들은 달려들기보다는 패스할 곳을 차단하는 데 주력한다.

아까의 마르세이유 턴이 너무도 자연스러웠기에 대단한 개인기가 있는 것으로 여긴 것이다.

아무리 그래도 수비만 하는 것은 아니다.

아까의 스트라이커가 또다시 달려든다. 이번엔 반대 반향 마르세이유턴으로 따돌렸다. 상대는 어이없다는 표정이다.

양발잡이가 많은 한국이지만 두 발 모두 이렇게 잘 쓰긴 힘들기 때문이다. 그러거나 말거나 패스할 곳을 찾았으나 보이지 않는다.

"전진! 전진!"

양 감독이 목청을 돋워 소리 지른다. 슬쩍 뒤를 돌아보니

라이트 백 자리를 누군가 채우고 있다.

수비에 신경 쓰지 않아도 된다는 뜻이다.

다시 전면을 응시하는 순간 두 명이 달려든다.

"이잇!"

현수는 오른쪽 사이드라인을 따라 전진했다. 평범한 드리블이 아니다. 공을 차놓고 빠르게 뛰어간 것이다.

"아앗! 뭐, 뭐야?"

양 감독이 저도 모르게 탄성을 낸다. 현수의 속도가 엄청나게 빠른 때문이다. 홍 감독 역시 눈을 크게 뜬다.

현역 중 가장 빠른 축구선수는 안토니오 발렌시아이다.

맨체스터 유나이티드 소속이며 100m를 10초 24에 뛴다.

공을 몰고 드리블 돌파하는 기록은 크리스티아누 호날두가 갖고 있다. 100m 기록이 10초 71이다.

두 개 모두 FIFA 공인 기록이다.

홍 감독은 많은 국제대회에 출전한 바 있다. A매치 기록만 135경기이다. 따라서 여러 선수를 접한 바 있다.

그런데 방금 전의 현수보다 빠른 선수는 보지 못했다.

스톱워치도 없고 달려간 거리도 측정되지 않았다. 그렇기에 정확한 속도를 산출할 수는 없다.

하지만 하나는 분명하다.

안토니오 발렌시아보다, 크리스티아누 호날두보다 빠르다.

그들과 비슷한 빠르기가 아니다. 잘못 본 게 아니라면 100m 달리기를 할 경우 10m 이상 앞서는 속력이다.

하여 저도 모르게 자리에서 벌떡 일어났다.

그 순간 상대팀 수비수 둘이 현수에게 강한 압박을 시도하고 있다. 순식간에 상대팀 골라인 전방 2m 위치에 당도한 현수는 달려드는 선수들을 보며 공을 발바닥으로 긁었다.

그리곤 사포[Rainbow Flick]라는 기술로 그들의 등 뒤로 공을 보낸다. 동시에 그들 틈을 비집고 나갔다.

다음 순간 또 다른 수비수가 달려든다. 이번엔 현란한 마르세이유 턴이다. 그런데 돌아서면서 힐킥을 한다.

그러자 공이 달려드는 팀원의 발 앞에 정확히 배달된다.

뻥—! 출렁—!

"와아아! 골이다, 골!"

"……!"

전문성이 없는 오리지날 팀 응원석에서 환호성이 터져 나온다. 하지만 아군도 적군도, 양 감독도 홍 감독도 소리를 내지 않는다. 현수만 바라볼 뿐이다.

처음 공을 받은 다음 골이 들어갈 때까지 걸린 시간은 불과 10초이다. 그야말로 전광석화와 같은 움직임으로 오른쪽을 헤집고 들어가 그림 같은 힐 패스로 어시스트한 것이다.

'이런, 너무 나섰나 보네. 흥분했나?'

이후의 움직임은 이렇다 할 것이 없었다. 공이 오면 머뭇거리지 않고 패스했다. 물론 패스 성공률은 100%이다.

거리가 가깝든 멀든 오리지날 팀원에게 곧바로 배달되었다. 그림 같은 패스였다.

전반전이 끝난 후 라커룸에 모인 팀원들은 현수에게 다가가 고맙다는 인사를 건넨다.

아까까지는 자리만 채워줄 깍두기 정도로 여겼는데 이번엔 아니다. 완전한 영웅 대접이다.

같은 순간, 전반전 영상을 촬영한 카메라 감독이 고개를 갸웃거리고 있다.

"어! 이 선수, 어디서 많이 봤는데 누구지?"

오늘을 위해 방송국에서 특별 초빙해 온 카메라 감독이 고개를 갸웃거리자 주최 측 홍보담당자가 다가선다.

현수를 선수로 등록해 준 양영만 감독의 매제이다.

"이 감독님, 왜 그러세요? 녹화가 잘 안 되었어요?"

"아니, 그게 아니고……."

카메라 감독의 말은 중간에 잘렸다.

"그거 우리 회사 홈페이지에 올릴 거라는 거 아시죠? 그래서 잘못되면 안 돼요. 근데 무슨 문제 있어요?"

"문제는 없어요. 근데 여기 이 선수를 어디서 많이 봤는데 도무지 기억이 나지 않아서요."

카메라 감독이 가리킨 장면은 현수가 마르세이유 턴으로 상대 수비수를 제치면서 힐킥으로 패스하는 장면이다.

"분명 낯이 익는데 어디에서 봤는지 모르겠어요. 혹시 이 팀 선수명단 좀 볼 수 있을까요?"

"그래요? 여기요. 이게 명단이에요."

홍보담당이 파일을 펼쳐 보여주자 감독은 오리지날 팀원들의 이름을 살핀다.

그러다 맨 마지막에 기록된 이름을 보았다.

"아, 맞다. 이분, 천지건설 부사장님이에요. 세계 최고의 아이큐라는 그분 말이에요. 봐요. 이름도 김현수잖아요."

"네에? 정말요?"

홍보담당의 눈이 화등잔만 하게 커진다.

만일 진짜 김현수가 선수로 출전했다면 회사 홍보로 이것보다 좋은 건 없다. 그렇기에 재빨리 영상에 시선을 준다.

현수가 분명히 맞다.

"우와! 대박! 감독님, 이 영상 정말 잘 보존하셔야 합니다. 아셨죠? 참, 혹시 모르니까 얼른 카피 하나 뜨세요. 그리고 후반전 경기 땐 여기 김현수 사장님을 집중적으로 찍으세요. 아셨죠? 꼭 그러셔야 합니다."

"알았습니다."

홍보담당은 물 만난 고기처럼 신났다. 경기가 끝난 후 양 감독에게 부탁하여 현수를 인터뷰할 생각을 한 것이다.

경기 후 회사 홈페이지에 올려놓기만 하면 아마 서버가 다운될 것이다. 그래도 좋다.

김현수라는 이름 석 자만 들어가면 대한민국의 모든 직장인과 모든 여자가 환장하기 때문이다.

따라서 최고의 회사 홍보가 될 것이다.

이윽고 후반전이 시작되었다.

진영을 바꾼 후론 현수에게 계속 공이 온다. 아까 보여주었던 실력을 다시 한 번 보여 달라는 뜻일 것이다.

하지만 평범한 패스로 처리하고는 제자리로 되돌아왔다.

그렇게 몇 번이 지속되는 동안 초조해진 상대팀은 점점 더 흥분되는 듯하다. 그러다 과격한 백태클로 오리지날 팀 스트라이커가 실려 나갔다. 발목에 부상을 입었다.

반칙을 범한 선수는 레드카드를 받고 퇴장당해 10:10 경기가 되었다.

오리지날 팀은 더 이상의 후보선수가 없기 때문이다.

시간이 지날수록 점점 과열되는 느낌이다.

스코어는 3:0이고 남은 시간은 15분이 되었을 때다. 상대는 어차피 진 게임이라 생각했는지 조금씩 전진한다.

상대 공격수가 현수 쪽으로 공을 몰며 전진한다. 그리곤 페인트 모션으로 현수를 제치려 하였다.

하지만 이에 당할 리 있겠는가! 손쉽게 상대의 공을 빼앗은 현수는 곧장 앞쪽으로 밀고 나갔다.

전반전을 마치고 라커룸에 있을 때 만일 공격할 기회를 얻게 되면 뒤는 걱정하지 말라고 했다.

슬쩍 바라보니 현수의 빈자리를 채우러 디펜시브 미드필더가 달려간다. 그의 빈자리는 라이트 미드필더가 채운다.

빠른 속도로 공을 치고 나가며 상대 선수들을 돌파했다. 그런데 아까처럼 패스할 곳이 없다.

결승전에 오르기까지 많은 경기를 소화한 오리지날 팀 선수들이 지쳐서 뛰지 못하는 상황인 것이다.

"에라, 모르겠다."

달려드는 선수를 차례로 제치고 나니 어느덧 골키퍼와 일대일 상황이다.

슈팅 각도를 좁히기 위해 튀어나온 골키퍼까지 제치게 되었다. 발로 공을 툭 차서 골 안으로 밀어 넣었다.

"와아아아! 골인이다, 골인!"

"4:0, 4:0! 천하무적 오리지날! 와아아아!"

일제히 함성이 터져 나온다. 상대팀원들은 졌다는 듯 고개를 설레설레 흔든다.

공은 다시 센터서클에 놓였다. 경기가 재개되었지만 모두들 지쳐 있는지라 아까처럼 빠른 공수 전환은 없었다.

대신 이전투구식 태클만 난무했다.

그러다 또다시 기회가 왔다. 후반 44분의 일이다.

상대 공격수로부터 공을 빼앗은 현수는 길게 센터링을 해줬다. 이 공은 전방을 향해 쇄도하는 오리지날 팀 공격수의 머리 위로 배달되었다.

"헤딩 슛!"

철렁―!

"와아아아! 골인이다, 골인!"

"5:0, 5:0! 오리지날 우승이다! 만세! 만세! 와아아아!"

오리지날 팀 응원석은 난리가 벌어졌다.

로스타임까지 감안해도 기껏해야 4분쯤 남아 있다.

상대팀 전원이 메시, 또는 호날두라 해도 5:0을 뒤집기엔 절망적이다. 이후의 경기는 포기한 자와 그것을 방어하는 자의 지루한 공방이었다.

삑, 삑, 삐이익―!

결국 주심의 휘슬이 울렸다.

사회인 축구대회 결승전이 끝난 것이다. 오리지날 팀이 상대팀을 5:0으로 이기고 우승을 차지했다.

현수는 2골 3어시스트를 했다. 당연히 MOM(Man of the Match)으로 선정되었다.

곧이어 시상식이 진행되었다.

오리지날 팀 양영만 감독과 선수들이 우승 트로피를 들어 올리며 환호했다. 이때 응원단은 난리가 벌어졌다.

상금 1,000만 원 때문이 아니다. 오늘 뛴 선수 중에 천지건설 김현수 부사장이 있었다는 소식이 전해진 때문이다.

한편, 경기 시작부터 끝까지 양 감독과 동석해 있던 홍 감독은 현수에게 시선을 주고 있다.

분명 입지전적인 기업인이다. 그리고 대한민국보다도 더 넓은 농장을 일구는 사람이다.

재계에서는 현수를 일컬어 '미다스의 손'이라 칭한다.

무엇이든 손만 대면 다 이루어지니 어찌 그리 부르지 않겠는가!

이 소문의 결정적 사유는 태백조선소에서 흘러나온 말 때문이다. 포기 상태이던 거래를 현수가 나서서 단숨에 해결해 줬다는 말이 재계로 전해진 것이다.

여기에 콩고민주공화국 국가 개발 전체에 막강한 영향력을 행사한다는 말이 번졌으니 그런 별명이 붙을 만하다.

그런데 그런 사람이 축구를 엄청나게 잘한다.

수없이 많은 선수를 접한 홍 감독이지만 현수보다 더 빠르고 더 정확하며 더 강한 선수는 본 적이 없다.

'왜 축구를 안 한 거지? 하긴…….'

엄청난 재산을 가졌고 명성 또한 뛰어나다. 땀 흘리며 부딪

쳐야 하는 축구를 할 이유가 없다.

한참 동안 현수만 바라보던 홍 감독은 상금 수여식이 끝났을 때 효창운동장을 벗어났다.

감독이 된 이후 늘 무표정한 얼굴의 그가 지금은 아니다. 상기된 표정으로 눈빛이 빛나고 있다.

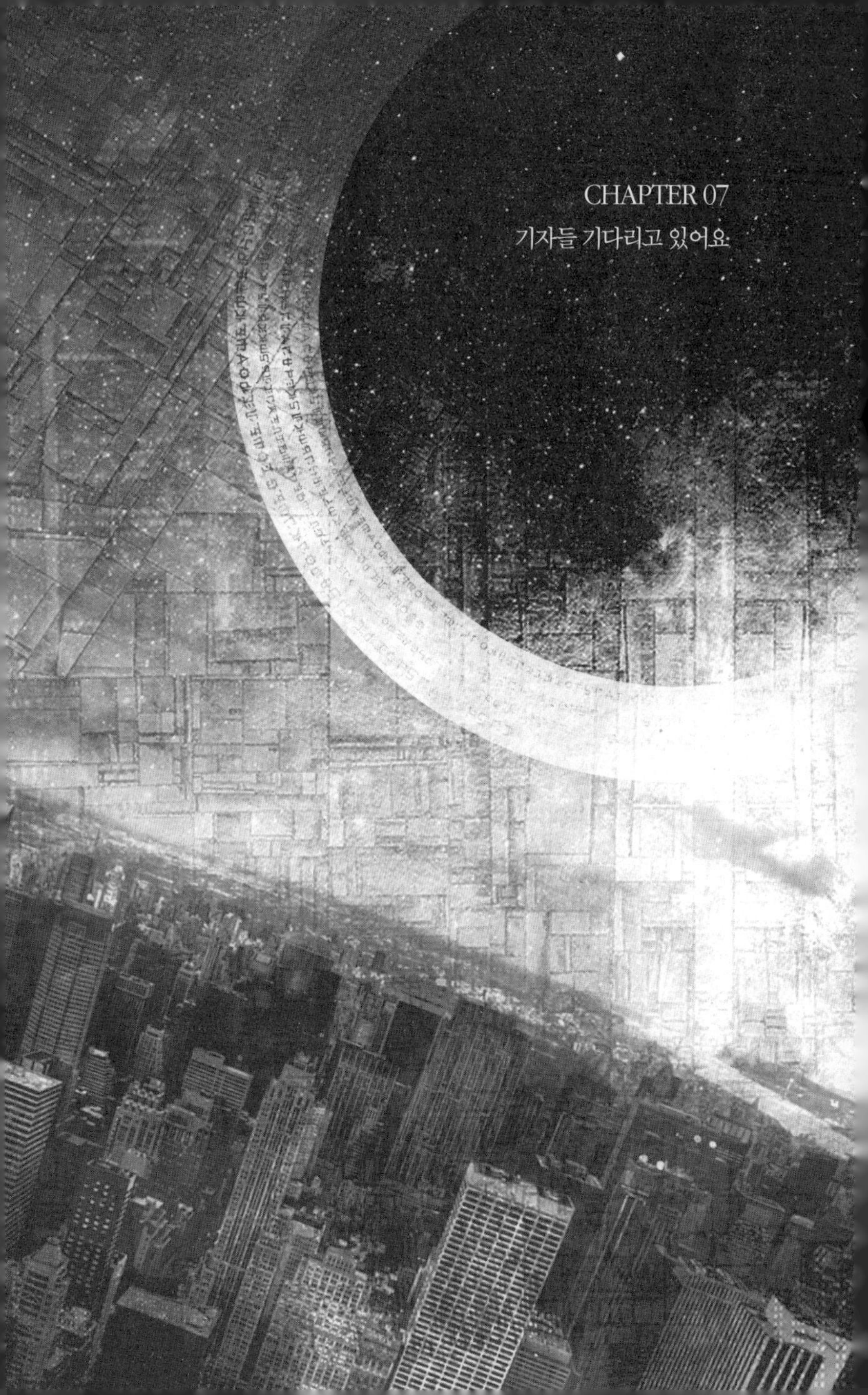

CHAPTER 07
기자들 기다리고 있어요.

오늘의 대회를 주최한 회사에선 꼼수를 부린다.

한국 사회인 축구 대표팀과 일본 사회인 축구 대표팀 간의 경기를 추진한 것이다.

현수는 빠지려 하지만 발목을 다친 선수가 인대가 늘어났는지 뛸 수가 없다며 간청한다. 물론 뻥이다.

할 수 없이 뛰게 된 한일전은 이례적으로 TV로 생중계된다. 현수가 출전하기 때문이다.

도쿄 국립경기장에서 치러지는 경기의 응원은 일방적이다. 홍보할 시간이 없어 응원단이 가지 못한 때문이다.

이 경기에서 현수는 3골 4어시스트를 한다.

그리고 경기 결과는 7:0이다.

일본 쪽에선 프로팀 2군에 속해 있는 선수를 다섯 명이나 출전시키지만 형편없이 밀린다. 원기를 되찾은 오리지날 팀원들의 기량 또한 그들 못지않은 때문이다.

이 경기에서 현수는 경기 시작 12초 만에 또 한 번의 무회전 킥을 한다. 하프라인을 넘기도 전에 갈긴 슛이다.

그럼에도 일본 골대의 골망이 흔들린다.

살아 있는 뱀처럼 허공을 유영하던 공이 왼쪽 탑 코너를 손쓸 틈 없이 쑤시고 들어갔기 때문이다.

원사이드 결과를 기대하며 한껏 달아올랐던 경기장은 순식간에 찬물을 끼얹은 듯 조용해진다. 그리고 일본팀 응원단은 경기가 끝날 때까지 탄식만을 터뜨려야 했다.

전광석화와 같은 돌파에 이은 무시무시한 슈팅, 수비수를 농락하는 현란한 페인트 모션에 경악한다.

뿐만 아니라 절묘한 헛다리짚기로 수비수 스스로 쓰러지게 만드는 기술이 한국팀에서 나온 때문이다.

현수는 '자로 잰 듯한 패스는 이런 것이다' 를 보여준다.

패스 성공률은 100%이고, 단 한 번도 공을 빼앗기지 않는 기록을 세운다.

당연히 현수가 대회 MVP이다.

홍명보 대표팀 감독은 이 경기도 지켜본다.

한국인 중에 이렇게 축구를 잘하는 사람이 있나 하는 생각이 경기 내내 그의 뇌리를 지배하게 된다.

이것은 며칠 후에 있을 일이다.

*　　*　　*

"자기, 오늘 축구했어요?"

"어! 그걸 어떻게 알아?"

"어떻게 알기는요, 지금 인터넷이 난리가 났어요."

"왜? 무슨 일 났어?"

경기 장면이 녹화된다는 걸 몰랐기에 고개를 갸웃거렸다. 그리곤 연희가 보여주는 동영상을 보았다.

크루이프 턴으로 상대 수비수를 농락하는 장면이다. 연달아 두 명의 수비수를 이 방법으로 바보를 만들었다.

화면 아래엔 크루이프 턴이란 친절한 자막이 붙어 있다.

다음은 무회전 킥에 의한 골인 장면이다. 슬로우 비디오로 재생되는데 공이 제멋대로 꺾이는 장면이 일품이다.

특히 맨 마지막의 꺾임은 거의 예술이라는 평이 붙어 있다. 상상하기 힘든 각도로 툭하며 꺾이는 것이다.

"끄으응! 이건 또 언제……."

"자기 또 검색어 순위 1위예요."

"에구! 하여간 주영이 때문에……. 쩝!"

현수는 방으로 들어가 옷을 갈아입었다. 잠시 후에 있을 경호원들과의 회식 때문이다.

양복은 아니고 그렇다고 아주 편한 캐주얼도 아닌 것으로 갈아입고 나오니 지현이 배시시 미소 짓고 있다.

"자기 그렇게 축구 잘하는 줄 몰랐어요."

"에구!"

이리냐도 한마디 거든다.

"호날두보다 메시보다 자기가 더 잘해요. 자랑스러워요."

뭐라 할 말이 없기에 대꾸하지 않았다. 그리곤 전화로 예약 상황을 확인했다.

육군 12명, 해군 12명, 공군 54명, 국정원 12명, 스페츠나츠 36명, 마지막으로 토탈가드 24명을 불렀다.

권철현 고검장 부부를 경호하는 요원들까지 부른 것이다. 헤아려 보니 150명이나 된다.

이들의 노고에 보답하는 의미로 쉐라톤 워커힐 호텔에 장소를 마련했다. 원래는 당일 예약이 어렵다.

하지만 천지건설 김현수라는 이름을 대자 일사천리로 진행되었다. 객실까지 마련되었다.

오늘은 먹고 마실 테니 그곳에서 쉬라는 뜻이다.

"셔틀버스 언제 온대?"

"금방 도착한대요."

연희가 대답하며 옷매무새를 살핀다.

잠시 후, 벨이 울린다. 쉐라톤 워커힐 호텔에서 보낸 셔틀버스들이 당도했다는 뜻이다.

네 대의 버스에 나눠 타고 곧장 호텔로 향했다. 연회장 입구에 당도하자 지배인 및 종업원들이 도열해 있다.

"어서 오십시오. 저희 호텔을 이용해 주셔서 감사합니다. 연회실 담당 지배인 강준원입니다."

"네, 만나서 반갑습니다. 김현숩니다."

일행은 세팅이 끝난 연회실로 안내되었다.

얼마나 많이 먹을지 몰라 뷔페로 준비했다. 총인원은 현수와 지현, 연희, 그리고 이리냐까지 포함하여 154명이다.

준비된 음식은 300명분이다.

모두가 착석하자 마이크를 들고 일어섰다.

"험험! 이 자리에 오신 모든 분들의 노고에 늘 감사한 마음입니다. 그런데 변변한 인사 한번 못 드려 모처럼 자리를 만들었습니다. 늦었지만 감사드립니다. 앞으로도 잘 지켜주기길 바랍니다. 험험! 금강산도 식후경이니 일단은 배부터 채우지요."

"하하! 네!"

모두가 웃으며 식사를 했다.

현수는 술병을 들고 이 자리 저 자리를 돌아다니며 따라주었다. 소주를 원하는 사람에겐 소주를, 양주를 원하는 사람에겐 양주를 주었다.

그러면서 그간 감사했다는 뜻을 일일이 밝혔다.

모두들 현수를 어려워한다. 각자 자신이 속한 조직의 수장으로부터 직접 경호를 명령 받은 때문이다.

결코 무례히 굴지 말 것이며, 행동에 제약을 두지 말라는 소리도 들었다. 유사시엔 목숨을 내던져서라도 반드시 보호해야 한다고 했다.

당연히 어려운 존재이다. 하지만 현수는 그런 격의를 흐트러뜨렸다. 각 군 참모총장과 긴밀히 연락을 주고받는 사이이기는 하지만 같은 인간이라는 의미의 말을 한 것이다.

술기운이 올랐을 때 노래방 기계를 가져오도록 하여 고성방가하며 놀았다. 연회장 전체를 전세 냈기에 마음껏 떠들어도 되는 것이다.

실컷 놀고 있는 동안 현수는 테이블을 돌며 마법을 걸었다. 절대충성 마법이다. 이들은 사생활을 가장 많이 보게 될 사람들이다. 그렇기에 보안 유지 차원에서 마법을 건 것이다.

깊은 밤이 되었을 때 현수는 객실로 올라갔다. 집으로 가면 경호원들이 따라와야 하기 때문이다.

연회와 이리냐는 이목이 있기에 다른 방에서 묵기로 했다.

덕분에 지현만 좋았다. 물론 곯아떨어졌다.

*　　*　　*

2014년 2월 28일 아침이 되었다.

"오늘은 운동하러 나가면 안 되겠지?"

"네. 하루쯤 쉬셔도 돼요. 어제 축구도 하셨잖아요."

"그래, 그러자."

현수는 커피 잔을 들며 신문을 펼쳤다.

"에구!"

신문 1면에 뜬 기사 때문이다.

선수복을 입은 현수의 얼굴이 대문짝만 하다. 사진 아래엔 어제 있었던 축구 경기에 관한 내용이 쓰여 있다.

실력이 검증된 만큼 국가대표팀 선수로 당장 발탁하라는 내용도 있어 혀를 찼다.

"하여간 사람들이…… 쩝!"

나직이 혀를 차고는 신문을 넘겼다.

홀연히 사라진 일본 아소 다로 부총리 등 15명에 관한 내용이 보인다. 현재 동경 경시청의 모든 인력이 총동원되어 샅샅이 뒤지는 중이라 한다. 수장들이 사라진 부처의 업무가 마비되었다는 내용도 보인다.

그 아래엔 지나의 누군가가 미쓰비시 도쿄 UFJ 본점 지하 금고를 감쪽같이 털어갔다는 기사가 있다.

지하 5층과 7층은 물론이고 현재는 지하 3층까지 생활하수가 차오르고 있어 수사에 난항을 겪는다고 한다.

다른 기사는 실종된 지나 어부들의 수색 작업에 관한 것이다.

많은 시신을 인양했지만 아직 못 찾은 인원만 수천 명이다. 지나 정부에선 이들을 다 찾을 때까지 인근 해역을 수색하겠다는 통보를 한국 정부에 전했다고 한다.

이에 정부는 인도적 차원에서 허용했다는 내용이다.

다음 페이지를 넘기자 눈에 확 들어오는 기사가 있다. 다음이 그 내용이다.

콩고민주공화국도 10만㎢ 조차!

콩고민주공화국 의회는 이실리프 상사 대표 김현수에게 4,500㎢에 이르는 비날리아와 반둔두 지역의 영토를 200년간 치외법권 지역으로 조차해 준 바 있다.

그런데 어제 콩고민주공화국 의회는 추가로 10만㎢를 200년간 치외법권 지역으로 조차해 주는 법안을 통과시켰다.

이로써 이실리프 그룹은 10만 4,500㎢에 이르는 어마어마한 넓이를 개간할 권리를 획득했다.

이에 대한 반대급부로 생산량의 50%를 콩고민주공화국 정부에 우선 공급하기로 했다.

이곳에서 생산될 각종 농축산물의 양은…〈하략〉…….

기사의 말미엔 기자가 마음대로 재단한 농산물과 축산물에 관한 내용이 기록되어 있다.

축산물은 모르겠으나 농산물에 관한 통계는 완전히 엉터리이다. 기자가 생각한 것보다 훨씬 많은 양이 생산될 것이기 때문이다.

"또 취재한다고 난리치겠구나."

나직이 중얼거리는데 또 다른 기사가 눈에 뜨인다.

이실리프 상사 노천 금광 발견!

콩고민주공화국에 진출한 이실리프 상사는 최근 상당한 매장량이 있을 것으로 추정되는 노천 금광을 발견하였다.

현재 채광하여 제련까지 하고 있으며 그중 일부는 이미 영국 등지로 팔린 것으로 확인된다.

이실리프 자원이라 명명된 회사가 발족될 예정이며, 고유 문양을 새긴 금괴, 또는 골드바를 생산하는 중이다.

이 금광의 존재는 콩고민주공화국 내무장관인 가에탄 카구지 장관이 내각회의에서 발표하였다.

추정 매장량 및 금광의 위치는 밝혀진 바 없으나 상당한 양이 될 것이라는 발언이 있다.

채굴된 금의 분배에 관한 내용은 아직 알려지지 않았다.

그동안 이실리프 상사의 개발 비용 조달에 의구심이 있었으나 이것만으로도 능히 해결될 것으로 예상된다.

"쩝! 이 정도면 기자회견을 안 할 수 없네."

현수는 H일보 강민경 기자에게 전화를 걸었다.

"여보세요. 강 기자님?"

"네, 저예요, 김 사장님. 지금 워커힐이죠?"

"엥? 그걸 어떻게 아셨습니까?"

현수는 허를 찔린 듯 놀란 표정을 짓는다.

"우리 기자들을 뭐로 보신 거예요? 신문 보셨죠?"

얼른 소재를 대라는 듯 말이 약간 빠르다.

"네, 방금 봤습니다. 아무래도 강 기자님을 만나야 할 것 같아 전화 드렸습니다."

"잘 생각하셨습니다. 여러 가지로 취재할 게 많습니다."

"어떻게 할까요? 단독 기자회견으로 할까요, 아님 다른 기자들을 부를까요?"

"부르실 필요 없어요. 다들 모여 있으니까요."

"헐!"

기자들이 어떤 사람들인지를 잊고 있었다는 표정이다.

"회견장은 우리가 준비할 테니 내려오세요."

"알겠습니다. 잠시 후에 뵙죠."

현수가 기자회견장에 당도한 건 20여 분 후이다.

지현에겐 혼자 출근하라 하였다. 스페츠나츠와 토탈가드, 그리고 국정원 요원들이 지현을 에스코트하고 떠났다.

연희와 이리냐는 객실에 머물기로 했는데 육군과 해군에서 보호하기로 했다.

어제 만났던 지배인이 직접 룸까지 찾아와 기자회견장까지 안내했다. 룸을 나서는 순간부터는 공군이 맡았다.

찰칵! 찰칵! 차차차차차차차찰칵!

단상까지 가는 동안 카메라 플래시가 수없이 명멸한다.

흰색 테이블보를 씌운 단상 위엔 수십 개의 마이크가 묶여 있다. 각각 언론사의 로고가 붙어 있는 것들이다.

"안녕하십니까? 김현수입니다."

현수가 인사를 하는 동안에도 플래시는 쉬지 않았다. 시선을 들어 살펴보니 방송사 카메라도 총출동했다.

"콩고민주공화국에서 추가로 조차 받은 땅에 관한 이야기부터 하겠습니다. 저는……."

현수는 그럴듯한 말로 더 넓은 땅이 필요했음을 설파했다. 그리고 콩고민주공화국 정부를 설득한 결과임을 피력했다.

"다음은 노천 금광에 관한 것입니다. 우연한 기회에……."

장소는 보안 유지 때문에 밝힐 수 없음을 미리 고지했다. 그리곤 이것 역시 그럴듯하게 꾸며댔다.

노천 금광이 발견되었기에 러시아에도 이실리프 자치구를 만들 수 있었음을 이야기했다.

아울러 영국에 금괴 200톤을 수출했고, 한국은행에도 200톤을 매각했음을 이야기했다.

기자들은 숨소리조차 죽인 채 현수의 이야기를 경청했다. 유사 이래 처음 있는 어마어마한 일이기 때문이다.

금괴를 매각한 돈이 어디 있느냐는 질문이 있었다.

일부는 현지 개발 공사비용으로 충당되고 있으며, 일부는 국내로 들어와 있다고 하였다. 그리고 그 돈으로 이실리프 뱅크를 설립할 계획임을 밝혔다.

고리사채로 신음하는 서민들을 돕기 위한 은행이며, 신용대출만 취급하며 금리는 연 4.5%라고 말했다.

당연히 질문이 쏟아진다.

하여 고리사채의 폐해에 관한 이야길 했다.

서민을 위해 설립한 저축은행들이 사실상 일본계 대부업에 먹혀 버렸다는 것은 기자들도 잘 알고 있다.

그렇기에 고리사채업을 일삼는 모든 금융기관이 문을 닫거나, 누구나 납득할 만한 수준으로 금리를 인하할 때까지 고정금리로 신용대출 할 것임을 밝혔다.

이에 질문은 더욱 빗발쳤다.

서민들에겐 아주 민감한 내용이 될 수 있기 때문이다. 하여 할 수 없이 조금 더 이야기했다.

다음이 그 내용이다.

1. 신용불량자도 대출 받을 수 있다. 다만 상환할 수입과 의지가 있어야 한다.

2. 상환 능력에 따라 대출 기간은 최장 10년까지 조절된다. 추가로 5년 더 연장할 수 있다.

3. 연대보증인과 담보를 요구하지 않는다.

4. 고정금리이며 취급수수료와 중도 상환수수료는 없다.

5. 높은 금리로 타 금융기관, 또는 개인에게 대출받은 사람 위주의 영업을 한다.

6. 일반 예, 적금은 취급하지 않는다.

7. 1차 자본금은 5조 400억 원이며, 증자될 수 있다.

8. 전국 각지에 100개 지점이 곧 개설된다.

기자들은 더 세세한 정보를 얻으려 많은 질문을 했지만 은행에 대해선 더 이상 답변하지 않았다.

다음은 축구에 관한 것이다. 기자들은 어제 있었던 동영상을 다 보았는지 상당히 전문적인 질문을 했다.

학창시절에 운동 삼아 했으며 운이 좋아 골을 넣을 수 있었다는 정도로 끝내려 했다. 그런데 국가를 위해 대표선수가 되고 싶은 마음이 없느냐는 질문이 있었다.

올해는 월드컵이 개최되는 해이다. 그리고 한국은 러시아, 알제리, 벨기에와 같은 조에 편성되어 있다.

브라질, 아르헨티나, 영국, 독일, 이탈리아 같은 전통 강호를 피했기에 16강 진출의 가능성이 다른 때보다 높다.

하지만 안심할 수 있는 것은 아니다. 이런 민감한 시점에 걸출한 실력을 갖춘 사람이 나타났다.

축구선수가 직업이었다면 당연히 대표팀에 합류했을 것이다. 개인에게도 영광인 일이기 때문이다.

그런데 현수는 기업인이다. 그리고 평범하지도 않다.

대한민국 전체보다도 큰 농장을 개발하는 사람이다. 하나도 아니고 그런 게 두 곳이나 된다.

이 밖에 상당히 많은 기업과 연관되어 있다.

이실리프 무역상사, 이실리프 어패럴, 이실리프 엔터테인먼트, 이실리프 모터스 등등이다.

뿐만이 아니다. 세계 최고의 두뇌를 가졌다.

혼자서 페르마의 마지막 정리를 새롭게 증명했고, 6대 난제를 모조리 풀어냈다.

하여 8월에 개최될 세계 수학자 대회에서 역사상 전무후무한 4개 상 동시 수상이라는 위대한 업적을 남길 예정이다.

이 뛰어난 두뇌로 이미 항온의류라는 걸 개발해 냈다.

전 세계 모든 과학자가 비밀을 캐기 위해 안 한 짓이 없지만 어느 누구도 복제해 내지 못하는 것이다.

이것이 있어 겨울이 춥지 않다는 말이 있을 정도이다.

게다가 전 세계 여인들의 날씬한 몸매를 위한 쉐리엔을 개발해 낸 장본인이기도 하다.

대한민국에서 가장 똑똑하며, 가장 부자이다.

이런 사람에게 심각한 부상을 당할 수도 있는 축구선수를 하라고 강요할 수는 없다. 그렇기에 조심스레 국가를 위해 나서주는 것이 어떻겠느냐고 제안한 것이다.

"글쎄요? 그건 생각해 보지 않아서 잘 모르겠습니다. 아시다시피 제가 하는 일이 상당히 많습니다. 수시로 외국을 드나들어야 합니다."

"그래도 16강이 어려워지거나 하면 출전해 주십시오."

누군가의 말이다. 질문이 아니라 부탁이다.

"하시는 일도 중요하지만 국민의 염원도 중요합니다. 기회가 되면 대표선수가 되어주십시오."

"맞습니다. 김 사장님이 나서면 줄리메컵을 우리가 안을 수도 있습니다."

"내후년엔 올림픽에도 출전해 주십시오!"

"네?"

누군가의 고함에 시선을 돌려보았다.

올림픽 운운한 건 강민경 기자이다. 시선이 마주치자 강 기자가 재차 입을 연다.

"어제 경기에서 김 사장님은 100m 달리기를 9초 50에 주파하셨습니다. 세계 최고 기록인 우샤인 볼트의 기록이 9초 58이었습니다."

"……!"

어제 달린다고 달리긴 했다. 물론 전력 질주한 것은 아니다. 현재의 컨디션이라면 100m는 3초면 충분하다.

마법을 쓰면 3초가 아니라 0.3초 만에도 가능하다. 어쨌거나 그냥 달린 게 9초 50이란다.

출발 준비를 하고 있다 달린 것도 아니고 경주용 런닝화를 신은 것도 아니다.

전문가들이 보았을 때 제대로 된 육상 훈련을 받는다면 우샤인 볼트를 2인자로 만들 수도 있다는 뜻이다.

1초쯤 줄여 100m를 8초 50에 들어오면 영원히 깰 수 없는 기록이 될 것이다.

100m 달리기는 육상의 꽃이다.

대한민국이 단 한 번도 올림픽 메달을 따본 적이 없는 종목이다. 그래서 어느 누구도 기대하지 않는 종목이다.

거기에 나가서 메달을 따오라는 뜻이다.

90분을 버틸 체력이 있어야 할 축구를 했으니 100m뿐만 아니라 다른 종목에도 출전할 수 있다 생각할 것이다.

올림픽엔 혼자 출전하는 종목이 여럿 있다.

100m, 200m, 400m, 1,000m, 1,500m, 10,000m 등이다. 나가기만 하면 모조리 금메달을 딸 수 있다.

그냥 금메달이 아니다. 인간이 영원히 깰 수 없는 신기록이 동반된 금메달이다.

42.195km를 달리는 마라톤은 2시간 3분 23초가 세계기록이다. 2013년 베를린 대회에서 케냐의 윌슨 킵상이 세웠다.

그런데 현수는 마법을 쓰지 않고도 1시간이면 들어올 수 있다. 이 기록을 누가 깰 수 있겠는가!

야구는 투수들의 놀음이라는 말이 있다.

2010년 쿠바 출신 좌완 아롤디스 채프먼은 시속 169km의 공을 뿌려 세계기록을 경신했다.

그런데 현수가 마음먹고 공을 던진다면 시속 400km는 가뿐하다. 거의 총알 수준이라 포수가 죽을지도 모른다.

따라서 현수의 기준으로 보면 인간이 세운 모든 기록이 무

의미하다. 이런 상황인데 국가대표 운운하고 있다.

왠지 혼자만 반칙하는 기분이다.

게임에 비유하자면 홀로 치트키를 쓰는 것 같은 느낌이다. 하여 대답하지 않았다.

그런데 강민경 기자가 오늘따라 집요하다.

"국가대표 선수로서 육상 해보실 마음 없습니까?"

"현재로선 없습니다. 그리고 이것으로 회견을 마쳤으면 합니다. 오늘 회의가 있는데 늦었습니다."

기자회견을 마친 현수가 룸으로 되돌아오니 연희와 이리냐가 호들갑을 떤다.

어제의 경기 영상은 벌써 지구 전체로 퍼졌다.

현재 한국과 같은 조가 된 러시아와 알제리, 그리고 벨기에는 비상이 걸렸다. 현수의 경기 영상을 분석하며 대책 마련에 고심하고 있다는 외신이다.

그 결과 현수를 막을 방법이 없다는 판단을 내렸다.

하여 한국을 제외한 다른 팀과의 경기에 전력을 기울여야 한다는 여론이 비등하다고 한다.

이는 러시아, 벨기에, 알제리만의 일이 아니다.

다른 조에 속하는 국가에서도 극도의 경계심을 드러냈다. 16강 이후엔 한 번만 패하면 끝이다.

한국을 만날 수 있는 국가에선 대책 마련에 고심이라고 한다. 90여 분짜리 동영상 하나가 전 세계 축구 전문가들의 골치를 아프게 하고 있는 것이다.

같은 순간, 킨샤사의 어느 집에서 고함이 터져 나온다.

"나, 알아! 나, 이 사람 안다고!"

현수에게 100달러 내기를 했다 깨진 셀레마니이다.

그때는 운이 없어 졌다고 생각했다. 그런데 동영상을 보니 그때 많이 봐줬다는 느낌이다.

영웅을 알고 있다는 느낌에 크게 소리를 지른 것이다.

한편, 일본 대표팀 감독 알베르토 자케로니도 영상을 보았다. 물론 이맛살이 잔뜩 찌푸려져 있다.

한국은 16강에 진출할 확률이 매우 높아졌다. 반면 본인이 맡은 일본팀은 여전히 불투명하다.

둘 다 탈락하거나, 한국만 탈락하면 별문제 없다. 만일 한국만 올라하고, 일본이 탈락하면 자리를 잃게 될 것이다.

"으으음! 어떻게 이런 사람이 평범한 직장인이지? 한국은 정말 알 수 없는 나라야."

2010년 4월, 미국 버지니아 해군기지에서는 국제 군악제[Military Tattoo]가 개최되었다.

한국은 아시아 최초로 초청되었다.

이 대회엔 16개국 군악대가 참여했고, 저마다의 기량을 자랑했다. 한국은 미국에 이어 맨 마지막에 공연을 했다.

한국이 파견한 것은 국악대였다. 이들은 앞선 15개국의 양악기 공연을 모두 잊을 만큼 대단한 취타 연주를 했다.

이후 16개국 군인 중 하나씩 단상에 올라 어메이징 그레이스를 한 소절씩 나눠서 불렀다.

다들 노래 잘하는 군인 수준이었다. 그런데 대한민국의 순서가 되었을 때 모두의 눈이 번쩍 뜨였다.

루치아노 파바로티 같은 프로 성악가의 음성이 들린 때문이다. 당시 26세였던 그는 서울음대 출신 성악병이었다.

당시의 미국인 PD는 깜짝 놀라 통역병 역할을 맡은 가수 성시경에게 이렇게 물었다고 한다.

"쟤는 또 뭐야? 너도 한국에서 유명한 가수라며? 한국 군대는 도대체 뭐냐?"

일본 대표팀 감독 자케로니의 놀라움도 이와 유사하다.

하여 나지막한 침음을 내며 자리에서 일어섰다. 하지만 대표팀의 엔도 야스히토 등은 일어서지 못한다.

도저히 감당할 수 없는 적을 만났을 때 오금이 저린 것과 같은 현상 때문이다. 현수의 공격력에 압도당한 것이다.

'아! 16강에 성공해도 한국과 만나면 깨지겠구나.'

모두들 야스히토와 같은 생각이다. 패배감이 전율처럼 일본 대표팀을 훑고 지나간 것이다.

같은 순간, 지나에서도 현수의 동영상이 재생된다.

모두들 입을 딱 벌린다.

그리곤 수없이 많은 댓글이 달린다. 그중 거의 전부가 자국 대표팀 병신이라는 내용이다.

아울러 한국처럼 작은 나라에 어떻게 저렇듯 걸출한 인물들이 끊임없이 배출되느냐며 탄식한다.

현수 이외에도 김연아, 추신수 등이 언급된다. 지나 네티즌 역시 열등감에 젖어 자폭하는 분위기이다.

CHAPTER 08

크렘린궁의 선물

시간이 얼마 지나지 않아 호외가 발행되었다.

호외란 신문사가 중요한 뉴스를 속보로 전하기 위하여 정기 간행 이외에 임시로 발행하여 뿌리는 인쇄물이다.

달리는 트럭에서 뿌려진 호외의 내용은 이실리프 뱅크에 관한 것이다.

이실리프 뱅크의 설립 동기 및 영업 방향 등이 쓰여 있다. 뒷면엔 오전의 기자회견 내용이 다듬어진 것들이 있다.

이것을 받아 읽은 아내가 남편에게 말한다.

"여보, 우리 대출 받는 거 조금 늦춰요."

"왜? 돈 없는데 가게 어떻게 하라고? 이자율이 높은 게 흠이지만 신청만 하면 빨리 빌려준다잖아."

"아니에요. 이거 보세요. 담보 없어도 누구든 신용대출 받을 수 있대요. 금리도 4.5%밖에 안 돼요."

"뭐? 그런 데가 어디 있어? 무슨 보이스 피싱인가 뭔가 하는 거에 홀린 거야?"

남편의 음성은 다소 퉁명스럽다. 아내를 약간은 깔보면서 사는 사람인 듯싶다.

"아뇨. 이거 보세요. H일보에서 뿌린 호외예요. 조만간 이실리프 뱅크라는 게 생긴대요. 갚을 의지만 있다면 누구에게나 돈을 빌려준대요."

"정말? 그런 은행이 어디에 있어? 어디 줘봐."

마누라가 어디 가서 쓸데없는 소리를 듣고 왔나 싶어 시큰둥하게 대하던 남편이 호외를 받아 든다.

"아! 이건 정말……. 여보, 우리가 대부업체에서 대출 받은 돈이 전부 얼마지?"

어느새 남편의 음성이 바뀌어 있다.

"1,200만 원이요. 그거 전부 연 39%짜리예요."

연 468만 원이 이자이다. 월 39만 원씩 내고 있다.

"여보, 이실리프 뱅크로 옮기면 이자가 어떻게 되죠?"

"가만있어 봐. 지금 계산하는 중이야."

남편은 즉시 계산기를 두들긴다.

"1년에 54만 원이니까 한 달에 4만 5,000원이야."

"세상에! 그럼 매달 34만 5,000원씩 덜 부담해도 된다는 거잖아요. 맞아요?"

아내는 말도 안 된다는 표정을 짓고 있다.

"그래! 그러고 보니 이자가 엄청 싸네!"

"싼 정도가 아니지요. 여보, 우리 힘들어도 조금 더 기다렸다가 이쪽에서 대출 받아요."

"당연하지! 당장 굶는 한이 있어도 이젠 거기서 대출 안 받아. 미쳤어, 또 받게? 이 은행 생기면 바로 가자."

남편은 단호한 표정이다. 아무리 꾀어도 대부업체로 갈 마음이 완전히 사라진 것이다.

"그래요, 여보. 근데 이 은행 누가 만든 거래요? 혹시 대통령님이에요?"

"아니. 천지건설 김현수 사장 알지?"

아내가 얼른 고개를 끄덕인다.

"그럼요. 건설회사 다니다가 외국에서 엄청 큰 공사 따와서 금방 사장 된 사람이잖아요."

남편을 도와 하루 종일 조그만 가게 안에 갇혀 사는 아내도 현수는 안다. 워낙 유명해진 인물이기 때문이다.

"이실리프 뱅크는 그 사람이 만든 거야. 대통령이 아니고.

우리 같은 서민들을 위해 설립하는 거래."

"아이고, 정말 고마운 사람이네요. 이 사람은 국회의원 안 나온대요? 나오기만 하면 찍어줄 텐데."

"나도! 이런 사람이 진짜 서민을 위하는 정치인이 될 거야. 그나저나 뒤엔 뭐가 있는 거야?"

남편이 호외의 뒷면을 살필 때 아내는 가게에서 사온 콩나물을 다듬고 있다.

"아, 이 사람, 엄청난 금광을 발견했구나. 그래서 그랬어."

"네? 그게 무슨 소리래요?"

알아듣기 쉽게 설명하라는 뜻이다.

"조금 아까 말한 김현수 사장 말이야. 콩고민주공화국에서 커다란 금광을 발견했대. 거기서 나온 금을 팔아서 은행을 만드는 거래. 참 대단한 사람이야."

"와아! 정말요? 정말 대단하네요."

"그래. 남들 같으면 그거로 호의호식하면서 떵떵거리고 살 텐데 이 사람은 아직도 전세 산대."

"정말 좋은 사람이네요."

남편과 아내의 이런 대화는 대한민국 곳곳에서 이루어지고 있다. 이날 이후 대부업체는 대출 문의가 뚝 끊긴다.

땅 짚고 헤엄치는 것처럼 나날이 사세를 확장해 가던 대부업체들의 영업전선에 된서리가 내린 것이다.

대부업체들의 몰락이 시작된 것이다.

나중의 일이지만 일본계 대부업체들은 한국에서 철수하기로 결정한다.

이실리프 뱅크가 영업을 개시한 후 3개월도 지나지 않아 대출액 거의 전부가 조기 상환된다.

금고에 돈은 쌓여 가는데 대출은 제로이다.

아무도 돈 빌리러 오지 않는 것이다. 하여 이자율을 대폭 낮췄지만 거들떠보지도 않는다. 낮춘다고 낮췄지만 여전히 4.5%짜리 신용대출 금리와는 괴리가 있기 때문이다.

직원들 급여는 지불해야 하기에 넘쳐나는 돈으로 주식에 투자해 보지만 손해만 본다.

코스피나 코스닥 지수는 오르는데 이상하게도 투자하는 종목마다 주가가 떨어지는 기현상이 벌어지기 때문이다.

더 이상 돈을 벌 수 없게 되자 철수하는 것이다. 그러던 어느 날, 금고 속의 돈과 골드바 등이 몽땅 사라진다.

대한민국에 진출하여 어렵게 사는 서민들의 고혈을 빨아 마련한 돈이다. 그러는 동안 불법추심도 했고 체납자에게 공갈 협박도 서슴지 않았었다.

즉시 경찰에 신고하지만 끝까지 찾지 못한다. 그야말로 완벽한 증발이기 때문이다. 아무런 흔적도 증거도 없다.

돈을 벌어보겠다고 썩어빠진 정치인들에게 돈을 쥐가며

한국까지 진출했다. 그런데 원금까지 몽땅 까먹고 빈손으로 돌아가게 된다.

몹시 억울할 것이다.

하지만 어느 누구도 동정의 눈길을 주지 않는다.

* * *

"북한의 정정(政情)이 몹시 불안하군. 안 되겠어."

현수는 신문을 접었다. 그리곤 어찌할 것인지를 고심했다. 하지만 시간은 그리 길지 않았다.

"나 잠깐 나갔다 올게."

"네, 다녀오세요."

집을 나선 현수는 곧장 통일부로 향했다. 그리곤 방북신청서를 작성하여 제출했다.

정부로부터 이러지 않아도 된다는 전갈은 받았다. 러시아 국제협력담당 외교관 신분을 득한 후의 일이다.

하지만 나중에라도 꼬투리 잡힐 일은 해선 안 된다. 하여 통일부까지 온 것이다.

고만섭 차관의 태도는 이전과 확실히 달라졌다. 청와대에 있는 대통령과의 관계 때문만은 아니다.

러시아에서 한국 정부에 특별히 이중국적을 허가하라는

요청을 할 만큼 대단한 인물이라는 것을 인식한 때문이다.

커피 한 잔 마시라 하여 따라갔더니 사인을 부탁한다. 자식들이 팬이라는데 어쩌겠는가!

사인해 주고 차 한 잔 마시면서 잠시 담소를 나누고 나와 렌터카에 오르려는데 전화가 울린다.

"회장님, 차 수리 마쳤습니다. 댁에 가져다 놓았습니다."

이실리프 모터스의 박동현 대표이다.

"아, 그래요? 고맙습니다, 빨리 고쳐주셔서. 수출 물량만으로도 바쁠 텐데."

"아무리 그래도 회장님 차가 우선입니다. 게다가 홍보효과도 있잖습니까."

"그렇긴 하네요. 수리비는 별도로 청구하세요."

"수리비는요. 아닙니다. 아무튼 차 가져다 놓았습니다. 근데 소음이 확실히 줄어 있더군요. 그 기술도 우리 차에 적용해 주실 거죠?"

"아뇨. 그거 때문에 사고가 났어요. 엔진 소리가 너무 작아서 시동이 안 걸린 줄 알고 그런 거거든요."

"아! 하긴, 전기차도 일부러 엔진 소리를 내게 만든다고 하더군요. 알겠습니다. 다음에 뵙죠."

"네, 수고하십시오."

전화를 마치고 곧장 집으로 갔다. 렌터카보다는 손에 익은 스피드가 더 편하기 때문이다.

“테리나, 모레 북한에 갈 건데 스케줄 어때?”

“저요? 언제든 오케이에요. 모레 몇 시까지 김포공항으로 가면 되요?”

“러시아워 되기 전에 가야 하니까 8시까지 와.”

“알았어요.”

테리나와 통화를 마치곤 드미트리에게 전화를 걸었다.

“미스터 드미트리!”

“네, 보스!”

“모레 북한에 갈 거예요. 시간 돼요?”

“당연히 됩니다.”

“좋아요. 오전 8시에까지 김포공항으로 와요.”

“알겠습니다, 보스!”

집에 당도한 현수는 인터넷으로 북한의 정세에 대해 파악했다. 김정은이 권력 장악을 위해 숙청을 거듭하고 있다고 한다. 하여 정정이 불안한 듯 보도되어 있다.

“이건 가보면 알겠지.”

혼자 중얼거리는데 전화기가 진동한다.

부르르르, 부르르르르!

“여보세요.”

"아! 김 사장님? 반갑습니다. 드미트리 페스코프입니다."

"공보실장님, 반갑습니다. 그간 안녕하셨지요?"

"네, 저야 잘 있지요. 그나저나 대통령님께서 긴히 의논하실 일이 있으시다고 합니다."

"방문을 요청하시는 겁니까?"

"가능하면 그렇게 되길 바라십니다."

"그렇다면… 알겠습니다. 모레 방문 드리지요."

"신속함에 대통령님께서 좋아하시겠군요."

"네, 모레 뵙겠습니다."

전화를 끊고는 고개를 갸웃거렸다.

"무슨 일이지?"

얼른 러시아를 검색어로 입력해 보았다. 별다른 사건사고가 없다. 정치적으로 불안하지도 않다.

내부의 군사적 충돌 같은 건 아예 언급조차 없다.

"그런데 왜? 에이, 그건 가보면 알겠지. 참, 전에 내게 부탁한 게 있지?"

서재로 올라간 현수는 바이롯을 갈아 플라스크에 담았다. 그러다 문득 떠오른 생각이 있다.

하여 차를 몰고 백화점으로 향했다.

여러 종류의 유리로 된 밀폐 병이 있다. 스윙병이라고도 한다. 삼광글라스에서 만든 글라스락 스윙병은 듀 드롭(Dew drop) 타입과 콘(Cone) 타입이 있다.

일단은 250㎖짜리를 여러 박스 구입했다. 그리곤 귀가하여 바이롯을 담았다.

푸틴과 메드베데프, 그리고 알렉세이 이바노비치와 지르코프 등에게 줄 선물이다. 그러다 문득 떠오른 생각이 있어 조금 더 넉넉하게 준비했다.

2014년 3월 1일 오전 11시.

친구이자 이실리프 상사의 대표이사 민주영과 이실리프 무역상사 대표이사 이은정이 결혼하는 날이다.

혼례식장은 서울시청에 있는 서민청이란 공간을 쓰기로 했다. 양가 모두 일가친척이 얼마 없기에 이곳을 택했다.

아주 가까운 일가친척과 친구 몇 명만 함께하는 작은 결혼식을 올리려 한 것이다.

그런데 이실리프 상사와 이실리프 무역상사 전 직원이 총출동한다고 한다. 뿐만이 아니다. 현수와 관련된 모든 기업에서도 사람들이 온다면서 결혼식장을 물었다.

소문이 번진 때문이다.

오겠다는 인원은 많은데 장소는 너무나 협소하다. 하여 부랴부랴 이곳저곳 알아보았다.

그러던 중 창경궁 통명전과 양화당에서 전통 혼례를 치를 수 있음을 알게 되었다. 옛 사대부 가문의 전통 혼례방식을 그대로 재현한 식을 올릴 수 있다고 한다.

즉시 신청했지만 5월과 11월에만 가능하다는 답변을 들었다. 하여 은정이 졸업한 천지대학 캠퍼스로 장소를 바꿨다.

그리고 우여곡절 끝에 전통혼례가 치러졌다.

하객 수가 어마어마했다. 이실리프 상사와 이실리프 무역 상사의 거래처 사람들까지 모두 온 때문이다.

워낙 광범위하게 사업이 진행되는 중이다.

그렇기에 둘은 조촐한 결혼식을 원했지만 본의 아니게 엄청나게 성대한 결혼식을 하게 되었다.

세어보지 않아 확실하진 않지만 5,000명이 넘은 듯하다. 덕분에 학교 앞 식당들은 공휴일이지만 대박을 맞았다.

준비했던 뷔페 음식으론 감당할 수 없었기 때문이다.

현수는 지현과 함께 주영의 가족석에 앉았다.

둘의 뒤에는 연희와 이리냐, 그리고 테리나가 섰다. 완전한 꽃밭 속에 있었다.

결혼식을 마친 후 둘은 신혼여행을 떠났다. 현수 부부가 사용했던 스위스 융프라우 별장이다.

아폰테 사장에게 전화를 하니 흔쾌히 허락했던 것이다.

이곳에서 닷새를 묵은 후 모스크바 저택으로 간다. 다음은 킨샤사에 있는 저택이다.

주영과 은정의 결혼휴가는 20일이다. 이동하는 시간을 빼면 한 곳에서 닷새씩 머물도록 한 것이다.

원래는 자가용 제트기를 쓰게 하려 했다. 그런데 곧 출장을 가야 하는 상황이라 아폰테 사장의 제트기를 빌렸다.

요즘 아폰테 사장 부부는 따뜻한 몰디브에 머물고 있다.

그곳에도 별장이 있다고 한다. 겨우내 있을 터이니 시간 내서 놀러 오라고 한다.

어쨌거나 주영과 은정이 자리를 비웠다.

* * *

"좋은 아침입니다, 보스!"

"좋은 아침이에요."

윌리엄 스테판 기장과 스테파니가 환히 웃으며 맞아준다.

"네. 탑승하면 곧장 출발인가요?"

"그럼요. 타시지요."

현수에 이어 이리냐와 테리나, 그리고 드미트리까지 자가용 제트기에 올랐다.

잠시 후 모스크바를 향한 비행이 시작되었다.

"갑자기 행선지가 바뀌었네요."

"응, 푸틴 대통령이 보자고 해서."

"그 덕분에 집에 가보게 되었어요."

테리나가 환한 미소를 짓는다. 몹시 즐거운 듯하다.

이리냐는 현수의 곁에 앉았고, 테리나와 드미트리는 건너편에 앉았다. 연희와 지현은 우미내 집에 남아 있다.

"미스터 드미트리도 오랜만이겠네요."

"네, 보스. 아내와 아이들이 좋아할 겁니다."

레드 마파아에서도 서열 높은 드미트리지만 웃는 모습만 보면 이웃집 아저씨처럼 순박해 보인다.

"기왕에 가는 것이니 거기서 조금 놀아봅시다."

"좋죠. 나중에 빼기 없기예요."

테리나는 생각만으로도 즐겁다는 표정이다.

그런데 이리냐가 조금 이상하다. 발랄한 성품인데 말수가 확연히 줄어든 느낌이다.

"어디 아파?"

"아, 아뇨. 괜찮아요, 저는."

왠지 불편해함이 느껴졌지만 본인이 괜찮다니 그런가 보다 했다. 잠시 담소를 나누곤 쉬겠다며 잠을 청한다.

모두가 잠들자 느긋하게 다이어리를 꺼냈다. 그러다 문득 떠오르는 생각이 있다.

"참! 엄 국장으로부터 보고가 왔을까?"

노트북을 꺼냈지만 이메일을 확인할 수 없다. 이곳에선 인터넷이 안 되기 때문이다.

이실리프 정보 1국과 2국엔 상당히 많은 내용을 조사하라는 지시를 내린 바 있다. 하지만 아직은 착수하지 않았다.

"흐음, 사원증 만드는 걸 잊었네."

다이어리를 펼치곤 회사별 사원증을 도안했다.

회사마다 업무 성격이 다르므로 세심한 주의를 기울여야 했다. 이실리프 정보와 KAI, 세트렉아이와 퍼스텍, 그리고 이실리프 뱅크 신분증엔 절대충성 마법진이 그려진다.

연구직 사원들의 것엔 두뇌 활성화를 위한 브레인 리프레쉬 마법진이 추가로 그려졌다. 이실리프 엔진의 일부 부서 직원들에게도 이 신분증이 수여된다.

공통적인 마법진은 면역력을 향상시켜 주는 임프로빙 이뮤너티이다. 병들지 말라는 뜻이다.

또 하나는 퍼펙트 트랜스페어런시 마법진이다. 아무리 들여다봐도 마법진의 흔적조차 찾을 수 없을 것이다.

"그러고 보니 회사 엄청 많아졌네."

벌써 20개를 훌쩍 넘긴다. 그런데 이게 끝이 아니다. 앞으로도 계속해서 회사가 만들어질 것이다.

그렇기에 사원증에 대한 여러 가지를 구상했다. 찢기거나 손상당하면 마법진은 무효가 된다.

따라서 손상 불가능하도록 만들어야 했다. 하여 재질은 금속으로 하기로 했다. 물이나 불에 강할 것이다.

여기에 내구력을 보태고 견고함까지 더하기로 했다.

만일의 사태를 대비하여 듀러빌러티(Durability)와 펌니스(Firmness) 마법진을 추가한 것이다.

마지막은 비닐 코팅이다.

사원증에 그려진 절대충성의 대상은 현수 본인이다.

마법을 구현시킨 자를 따르게 만들어진 정신계 마법이기 때문이다.

"흐음! 이 정도면 되겠지."

여러 상황을 머릿속으로 그려보았다. 그리곤 고개를 끄덕였다. 이 정도면 회사를 배반하는 일은 없을 듯하다.

"그나저나 정보엔 얼마만큼 정보를 주어야 할까? 5국을 따로 만들어야 하나?"

아공간엔 국안부 3국에서 가져온 자료가 상당히 많다. 이것들을 분류하여 분배하는 일도 중요하다.

정보 처리 회사가 될 국안부가 맡는 것이 맞지만 지나어에 유창하지 못하다. 다시 말해 한자로 쓰인 것을 제대로 해석할 능력이 부족하다.

"문제네. 내가 다 할 수도 없고. 쩝!"

워낙 양이 많기에 결계를 치고 들어가 분류해도 한참이 걸릴 일이다. 혼자 작업한다면 몇 년은 소요될 것이다.

결계 밖 시간으론 얼마 안 될 수 있다. 예를 들어 결계 안 5년은 결계 밖 10일 정도의 시간이다.

현수는 마법을 익히느라, 마나를 모으느라, 검법을 익히느라 결계 안에 머문 시간이 꽤 길다. 당연히 지겹다. 그래서 혼자 자료를 분류할 생각을 하지 않는 것이다.

"일본 내각조사처와 공안조사청에서도 자료를 가져와야 하고, 국안부 1국과 2국도 가봐야 하는데, 거기서 가져올 자료는 또 얼마나 많을까?"

생각해 보니 혼자서 할 일은 결코 아니다.

"그렇다면 또 사람을 구해야겠구나. 쩝!"

입맛이 쓰다. 인재를 어디에서 찾겠는가 싶은 것이다.

"또 있구나. 록히드 마틴, 보잉, NASA, 그리고 Area 51."

이 중 Area51은 외계 생명체로부터 얻은 각종 정보와 기술이 있는 곳으로 의심되고 있다.

미국의 대통령조차 이 안에 무엇이 있는지 모른다고 한다.

호기심이 돋기에 꼭 한 번은 가보려던 곳이다.

"참, 파인 갭에 있는 광선포도 한번 보긴 봐야 하는데."

파인 갭(Pine Gap)은 호주 한복판에 있는 미국 시설이다.

호주 땅에 있지만 국민은 물론 국회의원도 못 들어간다.

내각의 극소수만이 지극히 적은 정보를 알고 있는 곳으로 알려져 있다.

지상에 몇몇 건물이 있지만 이보다는 지하 시설물이 더 중요한 것으로 소문나 있다.

이곳은 미국의 중앙정보국 CIA, 국가안보국 NSA, 국립정찰국 NRO가 공동으로 운영한다.

이 기지의 주변에서 UFO를 봤다는 사람들이 많다. 깨끗하게 절단된 가축의 사체가 발견되기도 한다. 물론 미국은 모른다는 입장이다. 뭔가 수상한 곳인 것만은 분명하다.

유투브엔 이 기지에서 플라즈마포로 추측되는 것을 쏜 영상이 있다. 외계에서 다가오던 비행체를 겨냥한 것이다.

하여 사람들은 이곳에서 외계인과 함께 연구를 한다고 믿고 있다. 한 번은 확인해 볼 가치가 있는 곳이다.

이런저런 생각을 하며 다이어리에 메모를 했다. 그렇게 시간이 흘렀다.

서울에서 모스크바까지는 9시간 남짓 걸린다.

일행은 두 번의 식사를 했다. 스테파니의 음식 솜씨가 좋아 모두가 만족해했다.

"어서 오십시오."

"네, 반갑습니다. 또 뵙네요."

현수를 맞이한 드미트리 페스코프 크렘린궁 공보실장이 환한 웃음을 짓는다.

굳은 악수를 하고 서로의 등을 두드리며 반가움을 표시했다. 그리곤 곧장 푸틴에게 안내되었다.

대통령은 공식 일정이 있었지만 뒤로 미루었다고 한다.

"아! 어서 오게. 오랜만이네."

"네! 그간 안녕하셨지요?"

"그럼, 그럼! 자네 덕에 아주 잘 있었네. 자, 앉지."

푸틴의 손짓에 따라 자리에 앉자 음료를 내온다. 그러자 빙그레 웃으며 한마디 한다.

"헤어질 때 부탁한 게 있었는데, 그건 어찌 되었는가?"

"아, 그거요? 잠깐만요"

현수는 가방 속에서 바이롯이 담긴 스윙병을 꺼냈다. 개수는 30개이다. 듀 드롭 타입 15개와 콘 타입 15개이다.

푸틴은 이게 다 무엇이냐는 표정이다.

"용기는 다르지만 내용물은 똑같은 겁니다. 이 중 하나를 고르십시오."

"하나만?"

"네. 하나의 타입을 고르시라는 겁니다."

"흐음, 이걸로 하겠네."

푸틴이 고른 건 이슬방울이 떨어지는 형상을 본떠 가운데가 볼록하다. 현수는 15개를 푸틴 앞에 밀어놓았다.

"이걸 이틀에 반병씩 한 달간 복용하십시오."

"그러면?"

"그러면 카사노바가 형이라고 부를 겁니다."

"……!"

푸틴의 입가에 부드러운 호선이 그려진다. 카사노바의 형이라는 말이 무슨 뜻인지 인식한 것이다.

조반니 카사노바(Giovanni Giacomo Casanova)는 이탈리아의 문학가이자 모험가이며 엽색가이다. 총 12권으로 구성된 그의 자서전에는 평생의 엽색 행각이 기록되어 있다.

바람둥이의 대명사라 할 수 있는 사람이다.

"하하하! 자넨 정말……! 고맙네."

푸틴은 환한 웃음을 짓는다.

"그런데 나머진 누구에게 줄 건가?"

"총리님도 필요하지 않을까요?"

"그 친구? 크흐흐, 아마 그럴 걸세. 곧 50이 되니. 그런데 이것의 효능은 언제까지인가?"

"최소 1년은 비아그라가 필요 없을 겁니다."

"호오! 그래? 그거 괜찮군."

듣던 중 반갑다는 표정이다. 그리곤 환히 웃는다.

"참! 이번 월드컵에 나오는가?"

푸틴은 스포츠를 즐기는 인사이다. 그렇기에 묻는 말이다. 물론 안 나왔으면 좋겠다는 뜻일 것이다.

"저는 기업가입니다. 아직은 생각 없습니다."

"출전해도 좋네. 다만 우리와 할 땐 나오지 말게. 알았지? 꼭 부탁하네. 자네 아주 무시무시하더군. 하하하!"

"하하하! 네."

농담이라는 걸 알기에 환한 미소를 지어주었다.

"그나저나 부르신 이유를 아직 말씀하지 않으셨습니다."

"우선 금괴 600톤 매각 대금에 관한 이야기부터 하세. 총 270억 달러 중……."

현수는 러시아 정부에 400톤, 그리고 가스프롬에 200톤의 금괴를 매각하기로 한 바 있다.

100톤당 45억 달러씩 총 270억 달러이다.

이 중 절반인 135억 달러는 지나를 몰아내고 광업권을 획득한 몽골의 광산 개발에 투자하기로 한 바 있다.

투자 방법은 이러하다.

예를 들어, 몽골에 매장량 풍부한 철광이 있다.

원래는 개발비용 전액을 현수가 내고 몽골 정부와 현수가 50:50으로 분할할 예정이었다.

안전 확보와 지속적인 협조를 위해 현수의 몫 중 15%는 러시아 정부에, 5%는 푸틴에게 주기로 했다.

몽골:현수:러시아:푸틴은 50:40:7.5:2.5였다.

그런데 개발비용을 현수가 75%, 러시아 정부가 25%를 대는 것으로 바뀌었다. 이렇게 하여 채굴된 것의 분할은 몽골:현수:러시아는 30:40:30으로 바뀌었다.

몫은 같은데 현수가 부담해야 할 비용은 줄어든 것이다. 어쨌든 이런 방식으로 투자하기로 했고, 이미 진행 중이다.

잔여 금괴 매각 대금 135억 달러는 조차가 결정된 이실리프 자치구 개발사업에 전액 사용될 예정이다.

하여 러시아 국영은행 계좌에 입금되어 있다고 한다.

설명을 마친 푸틴이 통장 하나를 건넨다. 135억 달러를 러시아 루블화로 환전한 통장이다.

받아서 펼쳐보았다. 단 한 줄의 액수만 기록되어 있을 뿐이다. 추가 입출금 거래가 없기 때문이다.

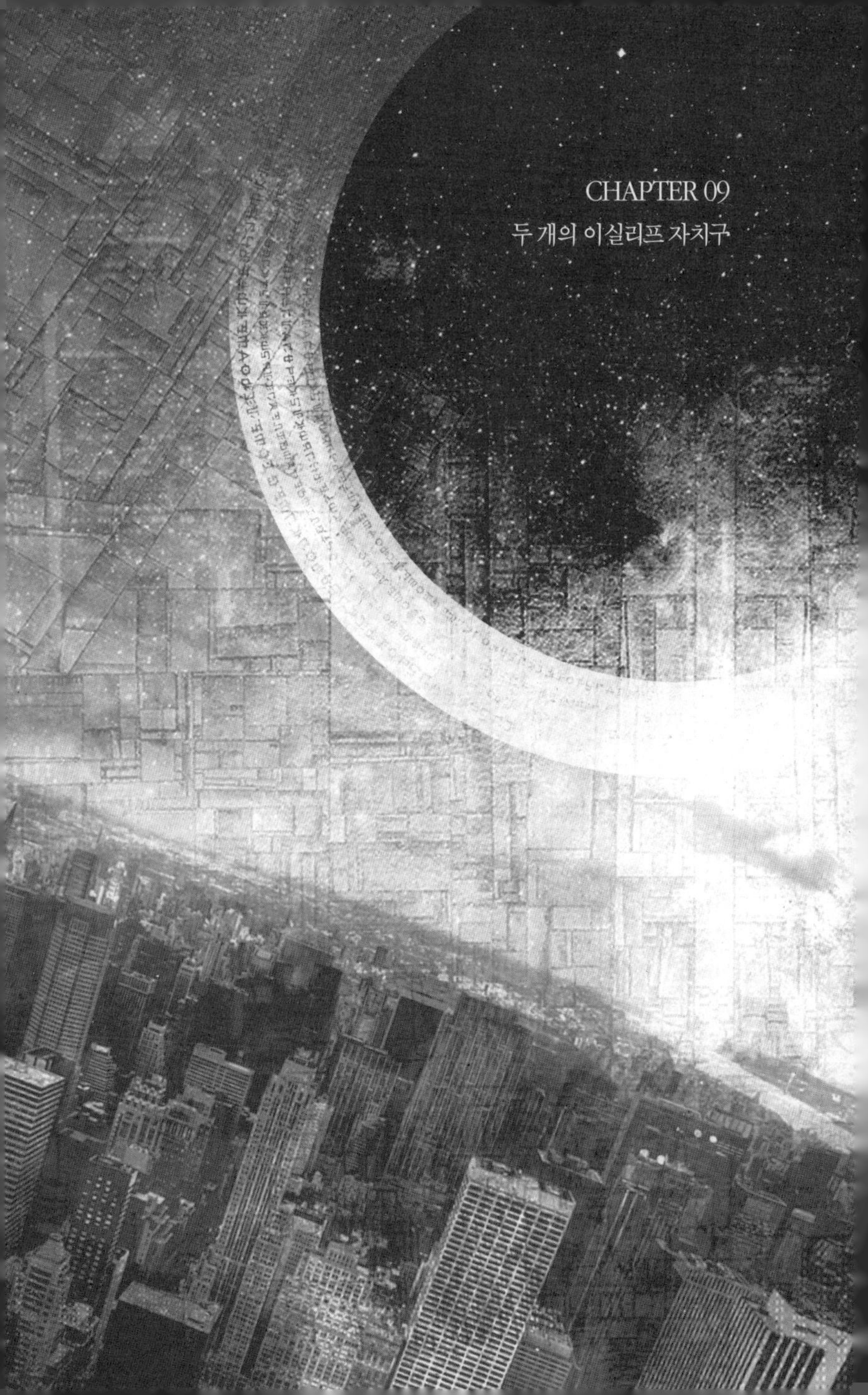

CHAPTER 09

두 개의 이실리프 자치구

"요즘 금값이 많이 올랐네. 자네 덕에 이득이 컸어."

"아, 네."

"추가로 더 살 계획이네. 있는가?"

"네, 아직 여력은 있습니다. 얼마나 필요하십니까?"

"전과 같은 양이네. 가스프롬도 그렇다더군."

금괴 600톤을 더 구매하겠다는 뜻이다.

"가격이 조금 달라져야지요?"

"현재 가격인 100톤당 50억 달러 어떤가?"

금값이 올라갈 것이란 분석을 내렸기에 이런 금액을 부르는 모양이다. 현수로선 거절할 이유가 없다.

"좋습니다. 그렇게 하죠."

"역시 자넨 흔쾌해서 좋네. 계약서는 조금 있다 쓰고 이것부터 받게."

푸틴이 서랍을 열고 꺼내준 것은 이실리프 자치구를 150년간 치외법권 지역으로 조차한다는 협정서이다.

원래는 100년이었는데 개발 기간과 비용이 엄청날 것이라는 보고가 있어 조차 기간을 늘려준 것이다.

현수가 사인만 하면 즉시 발효되는 것이기도 하다.

"어떤가, 내 선물이?"

"으음! 감사합니다. 감사합니다."

현수는 진심을 담아 고개를 숙였다.

"그리고 이것도 받게."

"이건 뭡니까?"

방금 보여준 조차협정서랑 비슷한 서류를 건넨다.

"자네가 원했던 실카강과 케롤렌강 사이 초이발산 북쪽 지역을 200년간 치외법권으로 조차한다는 협정서이네."

내용을 살피니 러시아의 그것과 별반 다르지 않다.

"아! 감사합니다. 그런데 몽골 정부에서는 제게 무엇을 요구하였습니까?"

"자국민의 고용과 금괴 500톤이네. 물론 10년간 나눠서 주는 거지. 참, 그쪽 면적은 10만 8,123㎢이네."

"아……!"

현수가 러시아 땅을 조차한 것은 이미 언론에 발표된 것이다. 그렇기에 같은 요구를 한 모양이다.

"자네가 그걸 지불할 용의가 있다면 이 땅도 이실리프 자치구가 되는 것이네. 어쩌겠는가?"

"어쩌기는요. 대통령님께서 저를 위해 애써주셨는데 당연히 해야지요. 정말 감사드립니다."

아마 몽골 대통령에게 전화를 걸어 압력을 넣었을 것이다.

"하하! 우리 사이에 뭘……. 우린 바이롯이란 것도 주고받는 사이 아닌가? 하하! 하하하!"

푸틴은 기분 좋은 표정으로 웃고 있다.

지금껏 현수에게 많은 빚을 지고 있는 기분이다.

정치적 동반자 메드베데프의 목숨을 두 번이나 구해준 것, 그리고 독극물 탐지기능이 있는 반지를 받은 것도 빚이다.

악덕 고리대금업자 같은 로스차일드에게 진 빚도 현수 덕에 무사히 상환했다.

그리고 금괴 덕분에 20억 달러나 되는 이득을 얻었다. 국영기업인 가스프롬의 몫까지 포함하면 30억 달러나 된다.

요즘 같은 불경기에 그만한 금액이 어디인가!

게다가 차얀다 가스전 개발공사 및 파이프라인 연결공사

를 시작하게 되면 많은 고용 창출이 이루어진다.

경제는 활성화되고, 실업률은 떨어진다.

이실리프 자치구가 본격적인 개발에 나서면 실업률은 제로에 가까워질 것이다. 어쩌면 인력난이 생길지도 모른다.

이 모든 게 본인의 업적이 될 일이다. 그렇기에 도움이 되고 싶었다. 하여 몽골과의 협상을 대신 추진해 주었다.

그쪽 입장에선 푸틴의 부탁을 거절하기 어려웠을 것이다.

하여 현수가 바라는 원안보다도 약간 큰 땅을 조차할 수 있게 된 것이다.

이제야 후련한 마음이다. 그렇기에 파안대소하는 중이다.

"참! 자네가 개발했다는 항온의류 말이네. 그거 왜 내게 먼저 말하지 않았나?"

"우선은 물량 때문이었습니다. 초기엔 대량 생산이 불가능했습니다. 하지만 이젠 조금 여유가 생겼습니다."

"그런가?"

"네, 곧 항온의류 8,000만 벌이 러시아로 들어오게 될 겁니다. 한국의 국내 소비를 뺀 거의 전량입니다."

"헐! 그렇게나 많이……?"

8,000만 벌이란 말에 눈을 번쩍 뜬다. 엄청나게 많은 양이라는 걸 짐작한 것이다.

"러시아 군인들에겐 전투복 형태로 지급되어야 하겠지요.

하여 오기 전에 방위사업청을 들러 확인했습니다."

"무엇을……?"

"항온전투복은 전략 물자로 지정되어 수출에 제한을 받습니다. 하여 러시아 군부에 납품해도 되는지를 문의했지요."

"오! 그런가?"

생각지도 않고 있었는데 먼저 배려했다는 느낌인지 환히 웃는다.

"다행히도 러시아에 수출해도 된다고 하더군요. 이제 주문만 해주시면 납품 받을 수 있을 겁니다."

"알겠네. 수량을 파악하여 주문하도록 하지."

당연한 일이라는 듯 메모를 해둔다.

"네, 준비하도록 하겠습니다. 그리고 대통령님을 위한 건 제가 따로 가져왔습니다. 지금 드려도 되겠습니까?"

"내 것? 내 사이즈를 아나?"

푸틴이 눈을 크게 뜬다. 그런 걸 어찌 알았느냐는 뜻이다.

"페스코프 공보관님께 여쭤봤습니다."

"아, 그래? 하하! 그래, 그래!"

또 크게 웃는다. 현수는 문밖에 준비되어 있는 슈트를 들여왔다. 푸틴을 위한 항온 양복과 항온 구두이다.

물론 최고급으로 준비했다.

"오! 확실히 다르군."

입고 있는 옷의 기능이 놀랍다는 표정이다. 그런데 아직 풀지 않은 게 보인다.

"저건 뭔가? 내 것이 또 있는 건가?"

"아뇨. 이건 대통령님의 것이 아닙니다."

현수가 고개를 흔들자 잠시 생각하는 모양새다.

"그래? 그럼 총리 것인가?"

"그것도 아닙니다."

"흐음, 그래? 그런데 왜 들여왔나?"

궁금하게 하지 말고 어서 털어놓으라는 표정이다.

"따님에게 주시라고요."

"아! 까차 것이었나? 하하, 고맙네, 고마워!"

푸틴은 예카테리나 푸티나를 몹시 아낀다는 소문이 있다. 그렇기에 그녀를 위한 투피스를 준비해 온 것이다.

"그 아이가 좋아하겠군. 근데 또 남아 있는 건 뭔가?"

"아! 이건 알리나 카바예바 의원님을 위한 겁니다."

러시아 국가대표 체조선수 출신인 알리나 카바예바(Alina Kabaeva)는 현재 러시아 국회의원이다.

아울러 푸틴과 염문을 뿌리는 사이이기도 하다.

"…이 사람이! 자네도 날 놀리나?"

갑자기 분위기가 싸하다. 하지만 현수는 의연했다.

"놀리긴요. 사내가 예쁜 여자 좋아하는 건 흠이 아닙니다.

저는 아내가 셋이잖습니까."

"그래? 그건 그렇지. 하하! 하하하!"

푸틴이 또 너털웃음을 터뜨린다. 무슨 말을 하려는지 충분히 이해했다는 표정이다.

현수는 푸틴과 저녁 식사를 했다.

이 자리엔 메드베데프 총리도 있었고, 경제개발부 장관 알렉세이 울류카예프도 있었다.

현수는 그들이 요구하는 모든 서류에 사인을 해줬다. 추가로 금괴를 매각하는 서류부터 사인했다.

러시아 정부와의 조차 협정서는 서로 사인을 해서 받아두었다. 이제 10만㎢를 약간 상회하는 지역을 150년간 마음껏 쓸 수 있는 토대가 마련된 것이다.

"참, 몽골을 집어삼키려던 지나는 요즘 어떻습니까?"

현수의 물음에 푸틴은 살짝 이맛살을 좁힌다.

"찌그러져 있지. 그런데 조금 이상하네. 전 같으면 항의 서한을 보내거나 할 텐데 이상하게 조용해. 마치 내부에 무슨 문제가 있는 것처럼. 근데 그게 뭔지 모르겠네."

러시아와 지나는 인종 자체가 다르기에 첩자를 파견하는 것이 쉽지 않다. 금방 발각되기 때문이다.

그래도 지나 내부에 무슨 문제가 있는지 알아야 한다.

은밀히 도발을 획책하고 있다면 그에 상응할 강력한 응징을 이쪽에서도 준비하고 있어야 하기 때문이다.

하여 여러 경로를 통해 정보를 입수하려 애쓰고 있다. 그런데 왜 반응이 없는지 알 수 없어 답답하던 차이다.

이럴 땐 힌트가 필요하다.

"혹시 최근 발생한 지나의 불법조업 어선 어부들 실종 사건 때문이 아닐까요?"

"흐음, 그건 아니네. 지나 정부는 그 정도 인명 가지곤 꿈쩍도 안 하네. 계속 수색작업을 하고 있는 건 여론을 무마하기 위한 방편일 뿐인 것으로 분석하고 있네."

워낙 인구가 많은 국가이니 그럴 만도 하다.

"내부에 문제가 있다 하셨는데, 그럼 혹시 경제적인 문제가 아닐까요? 제가 듣기로는 최근에 지나 정부가 금괴 매입에 열을 올리고 있다고 합니다."

"그래, 그건 그러하네. 지나치리만치 많은 금괴를 사들이고 있지. 위안화를 펑펑 써가면서 말이야."

푸틴은 여전히 의혹에 잠겨 있는 듯한 표정이다. 하지만 헛수는 아니다. 드디어 꼬투리를 잡아냈다.

"달러화와 유로화가 아닌 위안화를 써요?"

"그렇다네. 위안화로만 금괴를 매입하네. 달러화가 없는 것도 아닐 텐데 말이지. 알려진 바에 의하면 3조 5천억 달러 정도 쌓여 있네. 근데 그걸 왜 안 쓰는지도 궁금하네."

현수는 속에 품고 있던 말을 할까 망설였다.

하지만 아직은 아니다. 지나가 급속도로 붕괴되면 주변 국가에 막대한 영향이 미치기 때문이다.

이실리프 자치구가 완성된 상태라면 문제가 없으나 아직은 아니다.

지나 붕괴로 인한 악영향이 있을 수 있기 때문이다.

그리고 언제든 국면을 전환시킬 수 있는 열쇠 하나쯤을 갖고 있는 것이 좋다. 그렇기에 참았다.

"제가 알기론 일본과 미국도 금괴를 매입한다더군요."

"맞아. 국제 금 시세가 많이 떨어져서 그런가 보네. 아마 바닥이라고 생각했나 보지."

누군가 푸틴에게 일반론적인 보고를 한 듯싶다.

"아! 그럼 저는 금만 많이 캐면 되는군요."

"엉? 아! 그럼, 그럼! 많이 캐게. 그거 다 팔아서 어서 이실리프 자치구를 완성시켜야 하지 않겠는가?"

러시아를 위해 써달라는 뜻이다. 현수는 당연하다는 듯 고개를 끄덕였다.

"물론입니다. 하루라도 빨리 완성시키려면 물량 공세라도 펼쳐야지요. 오늘 참 유익한 만남입니다."

"하하! 그래, 그래. 나도 그렇게 생각한다네."

푸틴은 기분 좋은 미소를 지어 보인다. 이쯤 되면 러시아 정부와의 친밀도는 최상이다.

* * *

"오! 사위, 어서 오게."

"반갑습니다, 장인어른, 장모님!"

현수가 정중히 고개 숙이자 레드마피아의 수장 알렉세이 이바노비치 부부가 환히 웃는다.

둘의 뒤에는 올가와 나타샤 부부가 서 있다.

이리냐는 막내로 입양되었다. 따라서 가족 서열이 가장 낮다. 그럼에도 막내 부부를 맞이하는 모양새가 아니다.

집안의 가장 귀한 자식을 맞이하듯 모두가 모인 것이다.

아무튼 반가운 인사를 나누었다. 이미 식사를 마쳤는지라 커다란 거실에 앉아 이런저런 이야기를 나누었다.

처음엔 드모비치 상사와의 교역에 관한 것이다.

쉐리엔 10억 상자 주문은 사실이었다.

요즘 영국, 프랑스, 독일, 스웨덴, 이탈리아 등 유럽 전역에서 폭발적인 주문이 쇄도하고 있다.

물론 러시아 국내의 수요도 엄청나다.

처녀 때는 날씬하다 중년만 되면 뚱뚱해지는 것이 러시아 여인들의 숙명이라 생각하고 살았다.

그런데 쉐리엔이 들어오고부터 차츰 뚱뚱한 여인을 찾기 힘들게 되었다. 아무리 많이 먹어도 살이 찌기는커녕 적당한 체형이 될 때까지 지속적으로 살이 빠진다.

부작용도 없고 요요현상도 없다.

여자들도 좋아하지만 사내들이 더 좋아한다. 섹시한 마누라와 살기 싫어하는 사내는 없기 때문이다.

하여 가격이 비쌈에도 불구하고 폭발적인 반응이다.

요즘 너도나도 사재기를 하려 해서 신분증 확인 후 석 달 치씩만 판매하고 있다. 그럼에도 재고가 부족하여 절절매는 중이다. 그렇기에 통 크게 10억 상자 주문을 낸 것이다.

수입가는 50조 원이지만, 판매가는 이것의 8배인 400조 원이나 된다. 350조 원의 차액이 발생된다.

그 가운데 20%를 세금을 내도 280조 원이 이득이다. 이것에서 판매비용을 뺀다 해도 200조 원 이상이 남는다.

드모비치 상사 역사상 어떤 거래보다도 큰 이익이다.

이러한 사실을 알게 된 상트페테르부르크의 보스는 스스로 이바노비치의 휘하에 머물겠다는 서한을 보내왔다.

도저히 감당할 수 없음을 인정한 것이다. 이바노비치가 모든 마피아의 정점에 오르게 된 것이다.

그 때문에 현수의 서열은 당분간 3위가 되었다.

아무튼 이것은 오늘 아침에 있었던 일이다.

당연히 기분이 좋다. 돈도 돈이지만 세상의 꼭대기에 올라선 기분 때문이다. 드디어 오랜 꿈을 이룬 것이다.

이 모든 것은 현수의 덕이다.

쉐리엔보다는 못하지만 무지막지한 연비를 자랑하는 스피드도 쏠쏠한 이득을 주고 있다. 현재는 수입 물량이 주문량보다 현저히 적다. 하여 없어서 못 파는 차이다.

도착 즉시 예약된 주인에게 보내는 중이다.

그 때문에 중고차 시장에선 중고가 새 차보다 더 비싸게 팔리는 기현상이 빚어지고 있다.

지금 주문하면 3년 후에나 차를 받게 되기 때문이다.

현수는 연간 100만대를 생산하기 위한 공장을 짓고 있다면서 기다려 달라고 말했다.

40~50만 대는 국내에 풀고 나머지는 수출한다. 그중 절대다수를 드모비치 상사에게 공급하겠다고 약속해 주었다.

누구나 알다시피 자동차는 고가 상품이다.

2013년 10월 자료를 보면 'BMW 520d 기본형'의 국내 판매가는 6,260만 원이다. 수입 원가는 3,802만 원이다.

차액 2,458만 원 중 수입사와 딜러 마진은 1,154만 원이다. 나머지 1,304만 원이 세금이다.

판매가 대비 수입사+딜러 마진은 18.43%나 된다.

연간 스피드 30만 대를 수입하여 대당 500만 원씩만 이윤을 취해도 1조 5,000억 원의 이득이 발생된다.

물론 이보다 더 많은 물량이 러시아로 수출될 것이다. 그리고 마진도 500만 원보다는 훨씬 더 높을 것이다.

한번 구입하면 연료비 걱정을 거의 하지 않아도 되는 차이니 고가로 팔릴 것이기 때문이다.

스피드 역시 황금알을 낳는 거위가 될 예정이다.

다음은 듀 닥터이다.

기존의 듀 닥터도 상당히 좋았는데 업그레이드된 것은 더 좋다며 폭발적인 매출 신장 중이라 한다.

이것 역시 공급량을 늘려줄 것을 요청했다.

태을제약과 상의해 봐야 할 일이지만 흔쾌히 고개를 끄덕여 주었다. 별도로 슈피리어 듀 닥터를 생산하기 위한 공장 증설을 계획하고 있기 때문이다.

두 가지 버전을 공급하되 슈피리어 버전은 명품화 계획을 세웠다. 업그레이드된 듀 닥터는 세트 가격 35만 원이다.

한번 구입하면 약 3개월간 사용할 분량이다.

슈피리어 버전은 이보다 비싼 100만 원으로 계획한다.

처음엔 저항감 때문에 매출이 미미하겠지만 한번 써보면 이것 역시 없어서 못 파는 물건이 될 확률이 매우 높다.

특히 유럽의 귀부인들이 환장할 것이다.

8자 주름, 이마와 눈가, 그리고 목에 생기는 주름이 거의 모두 사라지는데 어찌 안 사겠는가!

게다가 기미와 주근깨도 없어진다.

모르긴 해도 100만 원이 아니라 200만 원에 판다고 해도 기꺼이 사려 줄을 설 것이다.

다음은 엘딕이다.

전기 자전거인 이것은 늦은 봄부터 가을까지 판매되는데 상당히 수요가 늘어났다. 피크닉 문화가 되살아난 때문이다.

러시아의 내수경제가 나아지면서 소득수준이 높아졌고, 그에 따른 소비도 늘어난 결과이다.

이바노비치는 이 모든 게 현수 하나로 인한 것이라는 걸 너무도 잘 알고 있다.

그렇기에 막내 사위지만 아주 편하게만 대하진 않는다.

드모비치 상사의 일이 일단락되자 현수가 벌이고 있는 사업으로 화제가 전환되었다.

차얀다 가스전 개발 사업은 이미 확정된 것이다.

아울러 사할린-3과 사할린-4도 현수가 주도권을 가졌음을 안다. 발표시기만 저울질하고 있을 뿐이다.

이것 역시 어마어마한 규모의 공사이기에 레드마피아는 음지에서 양지로 올라설 원동력을 얻게 되었다.

하여 요즘은 무기밀매와 마약 등에서 손을 떼는 중이다.

현수는 올가와 나타샤의 남편에게 제안했다. 러시아 이실리프 자치령을 이끄는 쌍두마차가 되어 달라고 한 것이다.

둘은 현직 연방재판소 판사와 검사이다. 장인 덕에 승승장구하는 중이다. 그럼에도 심각하게 고심하는 눈치이다.

이실리프 자치구를 반분하여 다스린다는 생각에 흥분된 까닭이다. 올가와 나타샤 역시 고심한다.

모스크바를 떠나 촌구석으로 가야 하기는 하지만 가기만 하면 왕후와 같은 삶을 살 것이라 생각하는 때문이다.

현수가 이들에게 이런 제안을 한 이유는 인맥 때문이다.

둘은 러시아의 엘리트이다. 이들의 주변엔 명석한 두뇌를 지닌 인재들이 상당히 많다. 그들의 두뇌를 이용하여 이실리프 자치령을 성공적으로 개발하려는 것이다.

이는 두 가지 이득이 있다.

첫째는 러시아 정부와의 긴밀한 유대관계 형성이다.

둘이 영입할 인사 대부분이 현직에 있거나 현직에 머물렀던 사람들일 것이기 때문이다.

둘째는 실업률을 줄여주는 효과가 있다.

이들이 자리를 내놓으면 누군가 그 자리를 차지한다.

마치 도미노 현상처럼 차례로 승진하게 될 것이다. 맨 마지막의 빈자리는 직업이 없는 누군가가 채우게 될 것이다.

처음엔 그저 그렇게 생각하겠지만 시간이 흐르면 그 모든 게 현수의 덕이라는 걸 알게 된다.

이실리프 자치령에 호감을 갖게 됨은 자치령 개발이 연착륙될 수 있음을 의미한다.

이로써 마피아와 정부라는 양대 산맥 모두를 더 확실한 아군으로 만드는 결과가 야기될 것이다.

화기애애한 분위기는 밤늦도록 계속되었다.

이리냐와 현수는 천천히 걸어 모스크바 저택으로 향했다.

"어서 오십시오, 주인님!"

"오랜만이에요, 안톤! 타찌아나, 타날리야도 잘 있었지요?"

모스크바 저택은 지난 1월 30일에 오고 처음이다. 이곳에 온 지 벌써 한 달이 넘은 것이다.

"네, 주인님. 반가워요."

"저도요. 좀 자주 오세요."

하녀장 타찌아나와 요리장 타날리야의 뒤에는 이들과 닮은 아가씨들이 서 있다. 각자의 딸들이다.

현재 이 저택의 하녀와 요리사로 재직 중이다. 마가리타와 플로라는 공손히 절을 하고는 조신하게 물러난다.

아직은 낯이 설어서일 것이다.

"주인님, 식사는 하셨습니까?"

"네, 먹었습니다. 준비 안 해도 됩니다."

"그럼 편히 쉬십시오."

현수는 이리냐를 데리고 2층으로 올라갔다. 오랜만에 온 집이지만 전혀 낯설지 않고 포근한 느낌이다.

"좋지?"

"네. 저 먼저 씻을게요."

"그래, 그럼."

이리냐가 정성들여 샤워하는 동안 현수는 러시아 정부와 맺은 조차 협정서 내용을 살폈다.

어펜시브 참 마법 때문인지 아주 공정하다. 오히려 많이 배려해 줬다는 느낌이다.

러시아 정부는 현수에게 이실리프 자치구를 조차해 줌과 동시에 군부대 일부를 이동시켰다. 혹시 있을지 모를 지나의 도발을 즉시 제압하기 위해 전진 배치를 한 것이다.

2개 기갑사단이 배치된 모고차(Могоча)에서 곧장 남하하면 북경이다. 지나로선 쉽게 도발하기 힘들게 되었다.

이것 역시 크렘린궁의 선물이라 할 수 있기에 고개를 끄덕였다. 다음에 만나면 감사의 뜻을 표하리라 생각한 것이다.

저택의 밤은 뜨거웠다. 이리냐는 혼자서 감당하기엔 현수의 체력이 너무나 강하다는 걸 인정하지 않을 수 없었다.

"안녕히 주무셨습니까, 주인님?"

"아, 네. 잠자리가 아주 편했습니다."

안톤은 아침에 배달된 신문을 건네며 환히 웃는다.

"안톤, 비용은 부족하지 않아요?"

"아직은 괜찮습니다. 뭐 필요하신 게 있는지요?"

"커피 한 잔이면 됩니다."

현수가 환히 웃어주자 그럴 줄 알았다는 듯 빙그레 미소 지으며 손짓한다.

마가리타가 준비된 커피와 쿠키를 가져다 놓는다. 주근깨가 많은 예쁜 아가씨이다. 18살쯤 되어 보인다.

"마가리타라고 했나?"

"네, 주인님!"

"여기서 잠깐 기다려."

현수는 마가리타의 반응 기다리지 않고 침실로 들어갔다. 그리곤 듀 닥터 네 세트를 꺼내왔다.

"이건……?"

마가리타도 여자인지라 요즘 선풍적인 인기를 끌고 있는 듀 닥터를 아는 듯한 눈치이다.

"뭔지 아니 다행이야. 하나씩 나눠서 써."

"아, 주인님! 감사합니다. 정말 감사합니다."

마가리타의 입이 벌어진다. 좋아서 웃는 것이다.

"안톤, 이건 저택 유지비로 사용하세요."

안톤은 현수가 건넨 상자의 뚜껑을 열었다가 얼른 닫는다.

100장씩 묶은 100달러짜리 지폐 뭉치 100개가 들어 있기 때문이다. 100만 달러를 내놓은 것이다.

"내 친구 부부가 곧 올 건데 준비는 다 되어 있나요?"

"물론입니다. 신혼여행이라 하시어 로맨틱한 분위기로 인테리어를 꾸몄습니다. 아울러 시내 관광일정 등도 차질 없도록 준비해 두었습니다."

주영과 은정을 위한 준비를 점검해 보니 만족스럽다.

5일간 머물 것을 예상하여 치밀하게 일정을 짜두었다. 입장료를 내야 하는 곳은 이미 다 지불된 상태이다.

주영과 은정이 단 한 푼의 지출도 없이 모스크바 곳곳을 둘러볼 수 있도록 준비한 것이다.

심지어 관광기념품까지 구매해 뒀다.

그리고 혹시 있을지 모를 관광객을 상대로한 테러를 대비하여 레드마피아가 경호를 전담할 예정이다.

간이 배 밖으로 나오지 않는 한 주영 부부를 상대로 테러를 할 사람은 없을 것이다.

"불편하거나 건의할 사항은 없습니까?"

"있습니다. 좀 자주 들러주십시오. 주인님이 없으니 저택이 다소 휑한 듯합니다."

"그래요. 알았습니다. 앞으론 자주 들르도록 하지요."

"네, 주인님!"

안톤은 모든 것이 만족스럽기에 환히 웃고 있다.

늦게 일어난 이리냐가 깨작거리며 음식을 먹는다. 너무 힘들어서 그렇다며 투정을 부린다.

현수는 피식 웃어주고는 외출 준비를 했다.

드미트리와 만나기로 한 때문이다.

"이리냐는 여기서 쉬고 있어. 몽골에 들렀다가 북한을 거쳐야 하니까."

"네, 조심해서 다녀오세요."

"참, 이 통장 잘 보관하고 있어."

"통장이요? 아, 네. 그럴게요."

현수가 건넨 통장을 무심코 받은 이리냐는 대체 얼마나 들어 있는 것인지 궁금했다.

하여 표지를 넘겨보고는 눈을 크게 뜬다.

"헉! 자, 자기야! 이게 대체 얼마예요?"

이리냐는 대체 몇 자리 숫자인지를 헤아렸다.

통장에 찍힌 액수는 다음과 같다.

『444,611,000,000 RUB』

무려 4,446억 1,100만 루블이다.

한국 돈으론 16조 2,000억 원이나 된다. 이리냐로서는 상상도 못해본 엄청난 거금이다.

"자기, 이거 무슨 돈이에요?"

"내가 러시아 정부로부터 이실리프 자치구를 조차 받은 거 알지?"

"네, 10만㎢쯤 된다고 하셨잖아요."

"그래. 그거 개발할 비용 중 일부야. 보관하고 있어."

"아, 알았어요."

이리냐는 엄청난 거금이 든 통장을 어디에 보관해야 하나 고심했다. 잘못해서 잃어버리기라도 하면 큰일이기 때문이다.

하지만 이는 기우에 불과하다.

135억 달러가 들어 있는 이 통장은 현수 본인의 확인이 없으면 단 한 푼도 인출되지 않는다.

푸틴이 허술하게 통장을 개설했을 리 없지 않은가!

통장은 잃어버려도 그만이다. 언제든 재발급이 가능하다.

이건 본인이 보관하는 것이 가장 안전하다.

아공간에 넣으면 괴도 루팡 아니라 홍길동이 달려들어도 결코 가져갈 수 없다. 다시 말해 도난 불가능하다.

그럼에도 이리냐에게 통장을 맡긴 것엔 이유가 있다.

이곳 모스크바 저택은 이리냐가 안주인이다. 아직은 아니지만 조만간 이곳 살림 전부를 책임지게 될 것이다.

CHAPTER 10

고비사막을 없애는 법

저택의 규모는 대지 10,000평, 건평 2,000평이다. 3층짜리 건물이지만 현대식 건물 7층 높이이다.

지하실은 세 개 층으로 이루어져 있다.

지하 2~3층은 차고 및 창고 등의 용도이다.

지하 1층은 반지하로 시녀, 시종, 요리사들의 거처와 그들을 위한 편의시설 등으로 채워져 있다.

1층부터 3층 사이엔 주인이 사용하는 침실만 열 개이다.

침실 중 가장 크기가 작은 것이라도 실면적 30평 이상이다. 어젯밤 이리냐와 함께한 침실은 120평을 약간 상회한다.

여기에 화장실, 샤워실, 자쿠지가 설치된 욕실, 드레스 룸, 비품실 등 부속실 열두 개가 별도로 딸려 있다.

이것과 별도로 욕실 열두 개가 있다. 손님용이다.

이 밖에 오디토리움이 있고,식당도 세 개나 있다.

실내에 수영장이 있으며, 교보문고에서 구입한 장서 10만 권과 러시아 서적 20만 권이 소장된 도서관도 있다.

결코 작은 규모가 아니다.

이런 큰 집을 유지하려면 많은 돈이 든다. 따라서 이리냐는 규모 있는 생활을 해보아야 한다.

그렇기에 어마어마한 액수가 담긴 통장을 맡겼다.

보면서 통 좀 키워보라는 뜻이다. 워낙 어렵게 살아서 아끼는 것이 체질화된 때문이다.

그리고 러시아에서의 안살림은 전적으로 이리냐가 담당함을 일러주려는 의도이기도 하다.

마찬가지로 킨샤사의 저택은 연희 담당이다. 양평에 지어지는 것은 지현이 담당하게 될 것이다.

공평하게 분배한 셈이다.

* * *

"잘 쉬셨어요?"

“그래, 테리나도 가족과 즐거운 시간 보냈어?”

“네. 모처럼 부모님, 그리고 동생들과 행복한 시간을 보낼 수 있었어요.”

테리나가 만개한 장미처럼 환한 웃음을 짓는다. 오랜만에 돌아온 집에서의 하룻밤이 너무도 좋았던 때문이다.

부모님에겐 한국에서 구입해 온 각종 선물을 드렸다.

자신이 모델이었던 항온의류는 당연히 포함되어 있다. 쉐리엔도 있고 듀 닥터도 준비해 왔다.

현수와 동행하여 북한을 다녀오면서 받은 보수와 이실리프 어패럴에서 받은 모델 개런티 전액을 드렸다.

총액 25만 달러. 한국 돈으로 3억 원이다. 몇 년간 돈 걱정하지 않고 풍족히 지낼 만큼 큰돈이다.

증조부로터 물려받은 재산이 있어 궁핍하지는 않지만 테리나가 건넨 25만 달러는 부모님이 한결 편안한 마음으로 생활할 수 있게 만들 것이다.

테리나에겐 남동생 둘이 있다. 23세와 24세가 된 빅토르와 세르게이이다.

형인 빅토르는 모스크바 국립대학에서 화학을 전공했고, 세르게이는 지질학을 전공했다.

둘 다 취업하여 직장에서 근무 중이다.

둘에겐 항온의류 이외에 최신형 핸드폰과 노트북, 그리고

MP3 등 전자기기들을 선물로 주었다.

이 밖에 제법 많은 용돈을 건네주었다.

둘 다 엄청나게 좋아한다.

부모님은 테리나가 이실리프 상사의 고문 변호사로 재직 중이라는 말에 입이 함지박만 해진다. 이실리프는 삼성이나 LG보다도 유명한 브랜드이기 때문이다.

이실리프의 이미지는 진취, 성실, 고급, 으뜸이다. 본격적으로 진출한 것도 아니건만 최상급 이미지가 생성된 것이다.

"미스터 드미트리도 좋았습니까?"

"물론입니다, 보스!"

오랜 외국 생활로 가족이 보고 싶은 차였다. 예상대로 아내와 아이들 모두 눈물까지 흘리며 좋아했다.

부모님에겐 북한에서 동생 표도르를 만난 이야기를 전해 드렸다. 두 아들이 외지에 나가 있어 늘 근심만 가득하던 얼굴에 모처럼 웃음꽃이 피었다.

드미트리 역시 준비해 온 선물 보따리를 풀어 가족들을 행복하게 만들어주었다.

"보스, 탑승하시지요."

"그래요."

스테판 기장의 안내를 받아 자가용 제트기에 올랐다. 올 때와 마찬가지로 테리나와 드미트리는 반대편에 앉았다.

음료수를 서빙하던 스테파니가 고개를 갸웃거린다.

보스에게 아내가 셋이 있다는 건 알고 있다.

분명 테리나는 아내가 아니다. 그런데 어찌 대해야 할지 고심된다. 이상한 기분이 느껴진 때문이다.

그러거나 말거나 비행기는 곧장 울란바토르로 향한다. 착륙할 곳은 칭기즈칸 공항이다.

가는 동안 테리나로 하여금 러시아와 맺은 조차협정서의 내용을 살펴보도록 했다. 흠결이 없다고 한다. 현수가 생각했던 대로 많은 배려가 곳곳에서 느껴진다고 한다.

다음에 보여준 것은 몽골 정부와 맺게 될 조차협정서의 내용이다. 테리나는 이번에도 면밀하게 살폈다.

조금만 내용이 변경되어도 어느 한쪽이 일방적인 손해를 입을 수도 있기 때문이다.

곧바로 사인해도 된다는 결정을 내린다.

러시아의 경우와 마찬가지로 국제법상 양쪽의 사인 즉시 효력이 나타나며 어느 한쪽이 일방적으로 조인을 무효화할 수 없음이 확인된 것이다.

두 경우 중 다른 점은 러시아는 조차 기간이 150년이고, 몽골은 200년이라는 것이다.

공통점은 다음과 같다.

1. 조차지의 치외법권을 인정한다.

2. 조차지에서 채굴되는 지하자원의 소유권은 이실리프 그룹에 있다.

3. 조차지에서 생산되는 농축산물 중 최고 50%까지는 각국 정부에서 요구하는 양만큼 우선 납품해야 한다. 이때 납품가는 국제 곡물가, 또는 축산물 평균가격에 준한다.

4. 조차지 개발에 러시아 및 몽골 국민을 고용할 수 있다.

5. 조차의 대가로 황금 500톤을 10년 분할로 납부한다.

각국 영토 내에 있지만 어느 정부도 이실리프 자치구에서의 일을 간섭할 수 없음을 분명히 한 것이다.

두 나라 모두 어마어마한 자원 부국이다. 그래서 이실리프 자치구에서 지하자원 개발을 감추려 마음먹으면 발견할 수 없으므로 흔쾌히 양보해 준 것이다.

각국 정부에 우선 공급하는 양도 원래는 수확량의 절반이었으나 덜 공급해도 된다는 뜻이다.

특히 몽골의 경우는 50%를 납품 받을 경우 처치 곤란 상태가 된다. 인구가 적기 때문이다.

"처음 뵙겠습니다. 이실리프 그룹의 김현수입니다."

대통령 집무실에 들어서자마자 현수가 먼저 깍듯이 예를 갖추자 몽골 대통령 역시 정중히 고개 숙여 맞이한다.

"어서 오십시오. 몽골 대통령 차히야 엘벡도르지입니다. 세계적으로 유명한 분을 만나는군요. 반갑습니다."

아이큐와 수학 난제에 관한 이야기인 듯싶다.

"하하! 네. 이쪽은 제 고문 변호사입니다."

"안녕하세요? 예카테리나 일리치 브레즈네프입니다."

"네, 반갑습니다."

이번에도 정중히 예를 갖춘다.

"대통령님께서 제 모교 선배님이시라 들었습니다. 앞으로 잘 부탁드립니다."

"아! 그렇습니까? 그럼 하버드를……?"

대통령의 말이 끝나기 전에 테리나가 먼저 고개를 끄덕이며 환히 웃는다.

"네, 로스쿨 출신입니다. 대통령님께서는 공공관리학 석사라 들었습니다."

"하하! 네, 반갑습니다. 자자, 자리에 앉읍시다."

엘벡도르지 대통령의 안내에 따라 착석하니 비서가 차를 내온다. 대통령 비서실장인 폰착 차강(Puntsag Tsagaan)은 말없이 다이어리를 펼쳐 놓고 메모 준비 중이다.

테리나는 대통령이 하버드대학 석사임을 일부러 부각시켰

다. 전공은 다르지만 같은 학교 출신이라는 것을 알려 친밀감을 높이려는 의도가 분명하다.

하지만 그보다는 제대로 된 교육을 받았고, 이성적인 판단을 할 수 있는 우수한 두뇌를 가졌음을 현수에게 주지시키기 위함이다.

차를 마시면서 현수가 먼저 입을 열었다.

"몽골은 영토가 상당히 넓은 국가더군요. 우리 한국은 9만 9,720㎢인데 156만㎢쯤 되지요?"

"정확히는 156만 4,116㎢입니다."

"우리 한국보다 15.7배나 넓은 영토입니다. 부럽습니다."

"하지만 인구는 한국의 17분의 1밖에 되지 않지요."

몽골은 300만, 한국은 5,095만 명이라는 것을 분명히 꿰고 있다는 뜻이다.

"한국의 자본과 기술은 몽골을 더욱 발전시킬 겁니다."

"나도 그렇게 생각합니다. 이실리프 자치구가 치외법권 지역으로 선포되더라도 우리와의 교류에 신경 써주십시오."

"당연한 말씀입니다. 우린 서로 협조할 일이 많을 겁니다. 특히 국방 부분에서요."

"……!"

대통령은 잠깐 대꾸하지 않았다. 지나의 느닷없는 침공 때문에 세상을 떠난 병사들 때문이다.

몽골에는 육군과 공군만 존재한다. 바다가 없으니 해군은 없다.

총 병력은 10,850명이다. 이 중 800명이 공군이다.

갖추고 있는 군비는 대부분 오래된 러시아제이다. 다시 말해 군사력이 형편없다.

지난번 침공 때 410대의 전차 중 283대가 파손되었다. 그리고 많이 죽었다. 상대가 되지 못한 까닭이다.

그렇기에 국방에 관한 이야기가 나오자 울컥한 것이다.

"지도를 보니 이실리프 자치구가 자리 잡게 되는 곳에 지나와의 국경이 있더군요."

"그렇습니다. 걱정되십니까?"

현수는 고개를 흔들었다.

"아뇨. 치외법권을 인정하셨으니 그쪽의 국경은 저희가 책임지겠다는 말씀을 드리려는 겁니다."

"그럼 한국의 병기를 들여올 생각입니까?"

다소 흥미롭다는 표정으로 변한다. 한국의 방산무기 성능이 꽤 좋다는 것을 알기 때문이다.

"그렇습니다. 저희는 자치구를 방어하기 위해 전차뿐만 아니라 헬기와 전투기 등도 보유할 계획입니다."

"제가 알기로 그리 쉽게 될 것 같지는 않습니다."

해외로의 무기 수출이 만만치 않기에 한 말이다.

"하지만 FA-50과 수리온을 생산하는 KAI가 제 소유라면 가능한 일이지요."

"설마… 입니까?"

"그렇습니다. 한국은 군사 강국입니다. 하지만 지나와 일본 사이에 끼어 있어 부각되지 못하고 있지요. 게다가 북한과 대치 중인지라 늘 군비를 갖춰야 하는 국가입니다."

"알고 있습니다."

대통령은 다음 이야기가 궁금하다는 듯 당겨 앉는다.

"어쩌다 보니 큰 사업을 하게 되었습니다. 그 과정에서 힘이 없으면 모두 빼앗길 수 있음을 알게 되었지요."

"그건 그렇습니다."

엘벡도르지 대통령은 쉐리엔과 항온의류를 떠올리곤 고개를 끄덕인다. 두 가지 품목만으로도 돈을 쓸어 담는다는 보고를 받은 바 있기 때문이다.

전 세계 어느 누구도 복제해 내지 못하는 상품들이다.

따라서 현수로부터 기술을 빼앗기만 하면 황금알을 낳는 거위를 두 마리나 키우는 셈이 된다.

그렇기에 힘을 길러야 한다는 말이 설득력 있게 다가왔다.

"그래서 방산 사업에 투자했습니다. 잘 아시겠지만 저는 상당히 뛰어난 두뇌를 가졌습니다."

"그것도 잘 알고 있습니다.

당연히 고개를 끄덕인다. 누구도 부인할 수 없는 사실이라는 것을 전 세계가 인정하고 있기 때문이다.

“그런 두뇌로 무기 개발을 연구하는 중입니다. 조만간 상당히 성능 괜찮은 전투기 정도는 만들어내지 않겠습니까?”

“아! 그러고 보니 우리말이 매우 유창하십니다. 학교 다닐 때 공부하셨나 봅니다.”

“아뇨. 그렇지 않습니다. 이곳에 오기 위해 일주일간 독학한 것 이외엔 없습니다.”

“네? 뭐라고요? 그게 정말입니까?”

어느 나라의 언어를 네이티브 스피커처럼 말하고 듣는 데 겨우 일주일 걸렸다고 한다.

이 말은 내가 엄청난 천재라는 걸 인정해 달라는 뜻이다.

하긴 IQ가 255라고 한다. 하버드대학의 천재 중에도 이런 두뇌는 없다. 그렇기에 얼른 고개를 끄덕인다.

“그럼 그 좋은 무기를 우리도 가질 수 있을까요?”

“그게 한국을 겨냥하는 것이 아니라면 그럴 수도 있습니다. 다만 극도의 보안 유지가 필요하겠지요. 러시아엔 공급할 수 없을 수도 있으니까요.”

엘벡도르지 대통령과 비서실장 본착 차강은 얼른 고개를 끄덕인다. 천재적인 발상으로 만들어질 첨단무기를 갖는다면 더 이상 지나를 신경 쓸 필요가 없기 때문이다.

말은 안 했지만 그동안 상당히 많은 것을 지나에게 빼앗겼다. 지하자원 등이 그것이다.

놈들은 헐값을 넘어 개 값에 마구 퍼갔다. 그럼에도 변변한 대응을 못했다. 썩어빠진 공무원들이 뇌물 몇 푼 받고 눈감아준 것도 있지만 힘이 없어서이다.

그러니 현수의 말이 강하게 느껴진 것이다.

"당연한 말씀입니다. 보안은 중요하지요."

비서실장의 말에 이어 대통령도 입을 연다.

"이실리프 그룹과의 협정이 우리 몽골에게도 행운이 되길 빕니다."

"저도 그렇게 생각합니다."

시선이 마주치자 환히 웃는다. 부디 몽골을 도와달라는 뜻이 담긴 눈빛이다.

"참! 저 대신 푸틴 대통령님께서 이번 협정을 의논하셨다고 들었습니다. 맞습니까?"

"…맞습니다. 전화로 직접 통화한 바 있습니다."

"제가 직접 나서서 의논드렸어야 하는데 그러지 못한 점에 대해 깊이 사과드립니다."

현수가 정중히 고개를 숙여 사과하자 대통령은 개의치 말라는 듯 고개를 흔든다.

"아닙니다. 괜찮습니다."

말은 이렇게 했지만 푸틴과 통화할 때 엘벡도르지는 힘없는 국가의 수반이 느낄 만한 감정을 다 느꼈다.

하지만 어쩌겠는가!

단물만 빼먹고 헌신짝처럼 차버리다 못해 모든 것을 빼앗으려던 지나 놈들을 단숨에 몰아내 줬다.

전차는 물론이고 전투기까지 동원된 대대적인 작전이었다. 훈련 차원으로도 그렇게 하지만 엄청난 돈이 들었을 것이다.

그에 대한 반대급부로 지나인들이 관여된 광산 개발권과 이실리프 자치구가 언급되었다.

눈물을 머금고 고개를 끄덕일 수밖에 없는 상황이었다.

"저는 정치인이 아닙니다. 하지만 솔직히 말씀드리자면 대통령님께서 느끼셨을 심정이 조금은 짐작됩니다."

"……!"

대통령과 비서실장 모두 아무런 말이 없다.

뭐라 대꾸할지 참으로 애매한 상황이기 때문이다. 그러거나 말거나 현수의 말이 이어진다.

"저는 별로 한 일도 없으면서 광산의 지분을 얻게 되었고 이실리프 자치구 또한 얻게 되었습니다. 하여 별도로 감사의 표시를 드리고 싶습니다."

말을 끊고는 테리나에게 눈짓했다. 준비해 온 것을 꺼내라는 뜻이다. 이에 테리나는 가방 속에 접혀 있던 몽골과 주변국 지도를 꺼내서 펼친다.

감사의 표시라기에 무슨 금괴를 더 준다든지 하는 것을 생각했던 둘은 이게 무엇이냐는 표정이다.

그러거나 말거나 현수의 말이 이어진다.

"몽골의 서쪽에는 험산준령이라 할 수 있는 한가이 산맥과 알타이 산맥이 자리 잡고 있습니다."

두 산맥은 북서에서 남동쪽으로 뻗어 있다.

알타이엔 4,374m짜리 산이 있고 한가이엔 3,650m를 넘는 산봉우리가 있다. 이곳에서 서쪽으로 더 가면 자이산호, 발하슈호, 아랄해, 카스피해 등이 있다.

이곳으로부터 비를 많이 내리게 하는 적란운[5]이 형성되어 온다 해도 물을 얻기는 힘들다.

적란운은 지면으로부터 2~3㎞ 높이에 생성되기 때문이다.

편서풍, 또는 제트기류를 타더라도 알타이 산맥과 한가이 산맥을 넘는 동안 포화 수증기량은 대폭 감소한다. 산을 100m 오를 때마다 기온이 0.6℃씩 낮아지기 때문이다.

그 결과 몽골의 영토 대부분이 황무지, 또는 농사를 짓기 힘든 스텝[6]으로 덮여 있다.

---

5) 적란운(積亂雲, Cumulonimbus) : 구름 대부분이 물방울로 이루어져 있다. 주로 심한 소나기나 우박이 내리며 천둥 · 번개를 동반한 국지성 호우를 발생시키기도 한다. 집중호우를 발생시키기도 하는데 매우 발달한 적란운은 약 1,000~1,500만 톤의 물을 포함하고 있는 거대한 '하늘의 저수지'라고 볼 수 있다.

6) 스텝(Steppe) : 강과 호수와 멀리 떨어져 있고, 나무 없이 짧은 풀들이 자란 평야. 계절과 위도에 따라 반(半) 사막 지대이거나 벼과 식물과 관목이 덮인 지대일 수 있다.

이런 관계로 몽골은 농지 비율이 대단히 적다.

대통령과 비서실장은 왜 갑자기 산맥 이야기를 하나 하는 표정으로 바라본다.

“원하시면 초이발산 남쪽, 그러니까 이실리프 자치구 남쪽 탐삭블락 지역을 농지로 쓸 수 있도록 해드리겠습니다.”

“…그게 무슨 말씀이십니까?”

“자세한 내용은 말씀 못 드립니다. 아무튼 꽤 큰 농지를 가질 수 있을 겁니다. 그리고 고비사막 일대의 개발권을 주시면 그곳 역시 농지로 바꿔드릴 수 있습니다.”

“네? 사막을 농지로 바꾼다고요?”

둘은 이해되지 않는다는 표정이다. 이쯤 해서 약간의 설명이 필요하다.

“고비사막 아래엔 상당히 많은 지하수가 있습니다. 그런데 이 물은 담수가 아닌 염수입니다. 이 물을 담수화하여 사막에 뿌리면 식물이 자랄 수 있습니다.”

“그러려면 엄청난 플랜트 설비가 있어야 하는데…….”

대통령은 많은 돈을 들여 봤자 큰 소득도 없을 일을 왜 하려 하느냐는 표정으로 바라본다.

“매년 봄 고비사막에서 연유한 황사가 한국으로 향합니다. 그곳을 농지화하면 그 현상이 사라지지요.”

“아……!

둘은 고개를 끄덕인다. 그렇지 않아도 대한민국 봉사단원들이 매년 고비사막에 와서 나무를 심고 간다.

그들이 바라는 것은 사막이 더 넓어지는 것을 막는 것과 황사를 없애려는 것이다. 하지만 대부분 고사하는 실정이다.

"그게 정말 가능한 일입니까?"

"머지않아 그곳을 농토로 쓰실 수도 있을 겁니다."

"으으음!"

드넓은 고비사막에서 곡물이 자라는 장면을 상상이라도 하는지 잠시 말이 없다.

"참! 그곳에서 생산될 소금은 저희가 갖겠습니다."

"네? 그, 그러세요."

현수가 대통령에게 이런 제안을 하게 된 것은 아리아니와 사전에 의논한 것이 있기 때문이다.

그때 스텝기후 지역에 대해 소상히 설명해 주고 그것을 농지로 바꿀 수 있을지 여부를 물었다.

아리아니에게 지도 보는 법까지 가르쳐 가며 의논한 결과 가능하다는 답변을 얻었다.

초이발산 남쪽은 케룰렌강 남쪽으로 지나 국경과 접한 곳이다. 그런데 탐삭블락의 북쪽엔 두 개의 호수가 있다.

큰 것은 지나의 영토 내에 있는 호륜호(呼倫湖)이다.

길이 약 60km, 너비 35km, 면적 약 2,315㎢짜리 호수이다. 몽골어로는 훌룬호(Hulun Nor)라고 한다.

남서쪽으로부터는 케룰렌강이, 남쪽으로는 오론촌강의 물이 흘러든다. 투명하지만 약간의 염분을 함유하고 있다.

먼저 물의 정령들이 호수의 염분을 걸러낸다. 다음엔 땅의 정령이 땅속에 지하수로를 판다.

이것이 초이발산 남쪽 지역 땅속으로 골고루 스며들면 식물이 자랄 수분은 해결된다. 이때 아리아니가 나서서 식물의 생장에 영향력을 끼치면 끝날 일이다.

현수가 여신의 축복까지 내려주면 금상첨화가 될 것이다.

이렇게 되면 몽골 정부는 상당히 넓은 농지를 갖게 된다.

고비사막 지하수의 염분도 제거할 방법이 있다.

2014년 현재, 한국은 해수 담수화에 있어 세계적인 기술을 보유한 국가이다.

지난해 연말, 대전에 소재한 한국기계연구원에선 중요한 발표를 한 바 있다.

기존의 역삼투식 단일 공정보다 에너지 소비를 20% 이상 줄인 '정삼투(FO)—역삼투(RO) 하이브리드 담수화 공정'을 개발해 냈다는 것이 그것이다.

일단 이 기술을 이용한 플랜트 설비를 들여온다. 눈에 보이는 것이 있어야 하기 때문이다.

이 설비가 고비사막 지하수 중 일부를 담수화하는 동안 물의 정령들은 거의 모든 지하수를 담수화할 것이다.

이 과정에서 추출된 각종 이물질은 땅의 정령이 담당한다. 불순물과 중금속 성분들을 걸러내야 하기 때문이다.

이렇게 하여 생산되는 소금은 정제염[7] 수준이 된다.

이것은 몽골과 러시아에 있는 이실리프 자치구의 식염으로 제공된다. 꿩 먹고 알도 먹는 일이다.

일련의 과정을 거치고 나면 고비사막도 식물이 자랄 수 있는 땅이 된다. 물론 뿌리가 깊어야 할 것이다.

이 일이 이루어지기 위해 물의 정령들의 도움이 필요하다.

지하 깊숙한 곳의 수분이 지표 가까이 올라오도록 힘을 써야 하기 때문이다. 그렇게 하여 뿌리가 수분을 머금을 수 있게 되었을 때 아리아니가 나선다.

뿌리의 생장을 촉진시켜 더 깊은 곳까지 뻗어 나가게 하는 것이다. 다음엔 식물들이 알아서 할 일이다.

물론 현수가 여신의 축복을 내려주면 더 좋을 것이다.

이렇게 되면 사막은 사라지고 거대한 초지 내지는 농지가 만들어진다. 많은 나무가 자라는 밀림이 될 수도 있다.

해수담수화설비는 이들에게 물을 제공하는 기지 역할을

7) 정제염(精製鹽 Refined salt) : 이온수지막으로 불순물과 중금속 등을 제거하고 얻어낸 순도 높은 소금. 기계 공정을 거쳤기 때문에 기계염이라고도 한다.

맡게 되기 때문이다.

"그런데 정말 방금 한 말이 이루어질 수 있습니까?"

비서실장 폰착 차강의 물음이다. 자세한 내용 없이 가능하다고만 하니 의아스러운 것이다.

"저는 몽골과 러시아에 20만㎢가 넘는 농지를 개발하려 합니다. 많은 어려움이 있겠지만 결국엔 이루어낼 겁니다."

현수가 조차 받은 한반도 전체와 맞먹는 광활한 지역엔 아무것도 없다. 마을 몇 개 있는 게 전부이다.

그곳 전부를 농토로 바꾸는 대역사를 벌이겠다는 사람이다. 왠지 불가능할 것 같지 않다.

게다가 세계 최고의 천재이다. 왠지 믿음이 간다.

"알겠습니다. 조차 협정서에 사인을 하지요. 비서실장!"

"네, 대통령님!"

"조인식을 준비하세요. 국회의장을 비롯한 장관들 전부 참석하라는 전갈도 전하구요."

"알겠습니다."

비서실장이 자리를 비우자 대통령이 손을 내민다.

"결국 조인식을 갖게 되었군요. 축하합니다."

"감사합니다. 몽골 정부의 배려를 잊지 않겠습니다. 아울러 조금 전에 언급 드린 모든 일이 조만간 이루어지도록 노력하겠습니다."

"네, 감사합니다. 일단은 호텔에서 쉬십시오. 조인식 준비가 되면 연락드리도록 하겠습니다."

"그러시죠."

대통령 집무실 밖으로 나오자 폰착 차강 비서실장이 손짓한다. 비서실에서 제공한 차를 차고 간 곳은 블루스카이 호텔 스위트룸이다. 울란바토르에선 초특급으로 분류되는 곳이다.

"차 한 잔 드려요?"

"좋지."

테리나는 현수의 옷을 받아 옷걸이에 걸고는 커피를 만들어온다. 현수는 창밖 풍경을 물끄러미 바라보는 중이다. 땅은 넓고 자원도 많다. 그런데 인구가 적고 기술력이 없다.

창밖으로 보이는 풍경에서 괴리감이 느껴진다. 극과 극만 존재하는 것 같은 때문이다.

"뭘 그렇게 물끄러미 보세요?"

"그냥… 풍경. 수도가 이러니 이실리프 자치구가 될 곳엔 아무것도 없겠지?"

"아마도요. 어쩌면 전인미답지가 있을지도 몰라요."

"흐으음!"

현수는 턱을 괴었다. 이제부터 무(無)에서 유(有)를 창조해야 한다. 엄청난 돈이 들겠지만 그건 문제가 아니다.

시일이 관건이다. 빠른 시일 내에 웬만한 수준이 되어야 한다. 종자를 파종하고 가축들을 기르기 시작할 정도가 되려면 얼마나 걸릴지 가늠조차 되지 않는다.

"이런 일은 한국인이 딱이야. 빨리 빨리 문화가 이럴 땐 괜찮은 거네. 아무튼 사람이 문제잖아. 귀국하는 대로 헤드헌팅부터 해야겠어. 그런데 어떻게 사람을 구하지?"

이미 직장에 다니고 있는 사람들은 부양해야 할 가족이 있는 경우가 많다. 그들은 좋은 직장을 준다 해도 웬만해선 움직이지 않는다. 일가친척과 떨어진 머나먼 이국까지 가는 걸 꺼린다.

더구나 한국의 자식 교육을 유별나다.

월급 조금 더 준다고 변변한 학교조차 없는 곳으로 자식들 다 데리고 올 가장은 거의 없다. 특히 여자들이 반대할 것이다. 그렇다면 다른 대책을 세워야 한다.

"으음!"

"여기요, 커피."

"고마워."

무심코 대답하곤 커피잔 손잡이를 잡았다. 그리곤 한 모금 들이켜려는데 테리나가 곁에 앉는다.

그러거나 말거나 여전히 창밖에 시선을 주고 있다. 머릿속이 복잡하였기에 초점은 잡혀 있지 않다.

"이리냐도 아내라는 말 들었어요. 연희 씨도 그렇고요."

"……!"

CHAPTER 11
울란바토르의 깊은 밤

현수는 마시려던 커피를 삼키지 못하고 머금었다. 갑자기 근육이 긴장하여 자칫 사례[8] 들릴 듯해서이다.

"부러워요. 그녀들의 무엇이 당신을 당겼는지."

테리나는 잠시 말을 멈춘다. 그리곤 길게 호흡을 하곤 다시 잇는다.

"휴우! 처음부터 당신을 유혹했어야 했나 봐요. 내가 너무 쟀어요. 그건 내 인생 최고의 실수였네요. 쉬세요."

말을 마치곤 발딱 일어나 건너편 방으로 간다. 드미트리에

8) 사례 : 음식을 잘못 삼켜 기관(氣管) 쪽으로 들어가게 되었을 때 갑자기 기침처럼 뿜어 나오는 기운.

게 배정된 방이지만 외출 중인지라 비어 있다.

"……!"

잠시 멈춰 있던 현수는 머금었던 커피를 삼켰다. 그리곤 다시 눈의 초점이 흐려진다.

지금은 테리나의 감정을 생각해 줄 여유가 없다. 해야 할 일이 산적해 있다. 아무리 10서클 마법사에 그랜드 마스터이고 보우 마스터라지만 혼자서 추진할 수 있는 일이 아니다.

수많은 인재가 합심하여 달려들어도 요원한 일이다.

그런데 인재 구하는 것이 마땅치 않다.

이게 급선무이다. 게다가 북한에서 어찌할 것인지로 고심해야 한다. 너무도 변화무쌍한 곳인지라 자칫 모든 것이 물거품이 될 수도 있다.

하여 멍한 표정으로 한참을 앉아 있었다.

물론 뇌리에서는 수많은 경우의 수가 계산되었고, 그것에 대한 해결책이 강구되었다.

그렇게 한참의 시간이 흘렀다.

현수는 누군가 어깨를 짚자 화들짝 놀라며 상념에서 깨어났다. 워낙 골똘히 생각하는 중이었고 긴장을 완전히 풀고 있었기에 일어난 현상이다.

"응? 누구? 아, 테리나!"

"가실 시간이에요."

"그래? 옷은 갈아입어야겠……."

말을 하려던 현수의 움직임이 멈춘다. 테리나 때문이다.

몸에 착 달라붙는 올 블랙 드레스를 걸치고 있다.

곱게 화장하고 머리는 틀어 올렸다. 목걸이, 팔찌, 귀고리, 반지가 세트로 치장되어 있다. 엄청 섹시해 보인다.

어찌 보면 우아한데 달리 보면 요염해 보이기도 하다.

워낙 예쁜 얼굴인데다 뛰어난 두뇌까지 가졌다. 여기에 몸매마저 이처럼 훌륭하니 축복 받은 인생이다.

"테리나……."

"생각하시는 동안 저쪽에서 연락이 왔어요. 대통령님 부부뿐만 아니라 국회의장과 장관 분들도 부부 동반이래요. 그래서 이렇게 갈아입었어요."

몽골 정부는 이번 협정을 잔치로 여기는 듯하다.

"아, 그래. 얼른 갈아입을게."

현수 역시 검은 정장으로 갈아입었다. 그리곤 대통령 비서실에서 보낸 검은 승용차를 타고 이동했다.

* * *

"그럼 지금부터 이실리프 자치구 조차에 관한 조인식을 거행토록 하겠습니다. 대통령님과 이실리프 그룹 김현수 회장님께서는 단상으로 올라와 주십시오."

대통령 비서실의 누군가의 사회에 따라 붉은 벨벳으로 치장된 테이블로 다가갔다. 위에는 두 개의 협정서가 놓여 있다. 사인만 하면 즉시 발효되는 것이다.

"이 협정은 우리 몽골이 이실리프 그룹에 향후 200년간 10만 8,123㎢에 이르는 영토를 치외법권 지역으로 조차하겠다는 내용입니다. 이에 대해 이실리프 그룹 김현수 회장님은 500톤의 황금을 10년간 분할 납부하기로 하였습니다."

사회자의 발언은 모두 녹음되고 녹화되는 중이다. 이를 위해 방송용 카메라가 세 대나 동원되어 있다.

사회자는 이 협정이 국제법상 유효하며, 어느 한쪽의 일방적인 통보로 해지될 수 없음을 주지시켰다.

"자! 그럼 두 분께서는 사인을 해주십시오."

사회자의 발언에 따라 대통령과 현수가 각각 사인을 하고 그것을 상대에게 넘겼다. 받은 것에 다시 사인했다.

그리곤 자리에서 일어서서 악수를 했다. 그러는 동안 카메라 플래시가 계속해서 명멸한다.

"이것으로 조인식을 마치겠습니다. 다음은 오늘의 협정을 축하하는 의미로 리셉션이 준비되어 있습니다. 모두……."

협정서는 테리나가 준비해 온 가방에 보관했다.

그리고 연회가 베풀어졌다. 오늘의 협정은 서로가 축하할 만한 일이기 때문이다.

기름진 음식과 술로 분위기는 금방 달아오른다.

현수는 대통령이 소개해 주는 몽골의 수뇌부들과 일일이 인사를 하며 덕담을 나눴다.

"휴우! 조금 많이 마셨네."

"괜찮으세요? 오늘 진짜 많이 마셨어요."

"응. 그래도 괜찮아. 나 술 세잖아."

"좀 씻으실래요? 찬물이 닿으면 빨리 깨잖아요."

"아니. 괜찮아. 테리나가 먼저 씻어."

"네, 그럼."

테리나는 두말 않고 욕실로 들어간다. 그녀 역시 과음한 때문이다. 예쁘다면서 사내들이 술을 많이 먹인 결과이다.

"일단 여긴 되었네. 다행이야."

푸틴의 공이 가장 크다. 그렇기에 어떻게 인사를 해야 하나 생각했다. 그러는 사이에 테리나가 나온다.

하얀 샤워 가운 차림이다. 젖은 머리엔 수건이 둘러져 있다. 화장이 다 지워졌음에도 몹시 섹시해 보인다.

"샤워하세요. 기분 좋아질 거예요."

"알았어."

샤워를 마치고 나온 시각은 오전 1시 경이다. 큰 조명은 꺼져 있고 협탁의 스탠드만 켜져 있다.

의식적으로 침대 위를 살폈으나 아무도 없다.

현수는 소파에 앉아 창밖을 바라보았다.

암흑이 지배한 세상이다. 작은 불빛 몇 개만 있을 뿐 서울처럼 네온사인으로 휘황찬란하진 않다.

"조금 잘까?"

몸이 피곤한 것은 아니다. 어제 오늘 너무 많은 생각을 해서 정신적으로 조금 지쳤다는 느낌이다. 하여 침대에 올랐다.

불을 끄고 눈을 감았지만 잠은 오지 않는다. 생각이 꼬리에 꼬리를 물고 이어진 때문이다.

그렇게 시간이 흘러 새벽 3시쯤 되었다.

딸깍―!

나지막이 문 열리는 소리가 들린다. 복도의 조명으로 테리나의 실루엣을 확인할 수 있었다.

살금살금 걸어온다. 일어나려 했으나 그러지 않았다. 그러는 사이에 이불을 살짝 들더니 발부터 들여놓는다.

발이 차다는 느낌이다. 지금까지 잠자리에 들어 있다 온 게 아니라는 뜻이다. 살며시 눕는다. 그리곤 숨을 죽인다.

"이러지 마."

나직한 말이었지만 테리나가 움찔거린다. 곤히 잠든 줄 알았던 모양이다.

"……!"

"나보다 더 좋은 남자들도 많이 있잖아."

"저는 다른 남자에게는 관심이 없어요."

"그러지 마. 난 이미 유부남이야."

"알아요. 아내가 셋이죠."

셋이나 있으면서 왜 넷은 안 되느냐는 뜻일 것이다.

"그래도 안 돼. 약속했거든."

"알아요. 이리냐에게 들어서."

테리나의 음성엔 처연함이 감돌고 있다.

"기왕에 왔으니 그냥 자."

"네. 그러려고요. 잘 자요."

대화는 여기까지였다. 잠시 흐느끼는가 싶더니 이내 고요해진다. 그리고 호흡이 바뀐다. 선잠에 빠진 듯하다.

"슬립!"

마나가 스며들자 웅크리고 있던 몸이 펴진다. 스트레스가 많았던 모양이다.

슬그머니 자리에서 일어나 냉장고에서 냉수를 꺼내 마셨다. 그리곤 사위가 환해질 때까지 창밖에 시선을 줬다.

테리나의 처리 문제를 고심한 것이다. 그러다 노트북을 부팅시켰다. 혹시라도 엄 국장의 보고가 있나 싶어서이다.

이메일 보고는 사전에 약속된 방법이 있다. 암호로 메일을 보내면 순서에 따라 확인하는 방법이다.

물론 해킹을 우려한 조치이다.

메일이 들어와 있다. 하지만 엄 국장의 것은 없다.

이실리프 트레이딩의 윌슨과 뉴욕대 미하일 그로모프 교수가 보낸 것이 있다.

주영이 보낸 것도 있어 먼저 클릭해 보았다.

융프라우 별장을 배경으로 찍은 셀카 사진을 보내왔다. 은정과 어깨동무를 하고 환히 웃고 있다.

사랑하는 친구!

오늘의 이 행복, 대부분이 너 때문인 거지?

고맙다, 친구야. 실컷 놀다 돌아갈게.

근데 여기 너무 좋다. 완전 그림이다. 고마워!…

현수의 입가에 미소가 어린다. 환히 웃고 있는 주영과 은정의 얼굴에서 행복을 본 때문이다.

윌슨이 보낸 메일은 진행상황 보고이다.

어떤 회사의 누구와 어떤 공사를 얼마에 계약하였으며, 어떤 일정으로 진행되는지 세세하게 기록되어 있다.

보내준 돈이 얼마 남아 있으며 그걸 어찌 쓸 건지에 대한 것도 있다. 허투루 쓰는 건 없어 보였다.

다음은 그로모프 교수가 보낸 메일이다.

클릭해서 확인해 보니 윌리엄의 노래 파일이 첨부되어 있다. 이어폰을 끼고 재생시켜 보았다.

확실히 전보다 나아졌다. 이 정도면 충분하겠다 싶어 발표해도 된다고 답신을 보냈다.

그리고 뉴스 검색을 하려는데 답신이 들어왔다.

김현수 회장님께!

빠른 회신에 감사드립니다. 사실 회장님의 마음에 들고 싶어 연습 많이 했습니다. 그런데 너무나 과분하게 칭찬해 주시니 몸 둘 바를 모르겠습니다. 감사합니다.

어제 제임스 카메론 감독님으로부터 전화를 받았습니다.

회장님께서 주신 곡을 올해 12월 개봉 예정인 '아바타2'의 메인 테마로 쓰고 싶다는 제안이었습니다.

회장님의 의견이 궁금합니다.

윌리엄 그로모프

아바타는 한국은 물론이고 전 세계적으로 히트 친 영화이다. 이 영화의 감독 제임스 카메론은 터미네이터와 타이타닉, 트루라이즈, 어비스, 에이리언 등을 만든 사람이다.

윌리엄은 1차 녹음파일을 제임스 카메론 감독에게 보냈다.

많은 감독이 러브콜을 보냈지만 기왕이면 가장 명성 높은 카메론과 일해보고 싶었던 때문이다.

노래를 들어보고는 곧바로 '아바타2'의 메인 테마로 쓰고 싶다고 연락해 왔다.

아름다운 선율이 마음에 들었다고 한다. 그러면서 작곡가가 누군지를 확인했다.

하여 이실리프 그룹의 김현수 회장이라고 했다. 그러자 무슨 일이 있어도 OST로 쓰겠다며 전화까지 걸어주었다.

본인은 잘 모르지만 현수는 이미 세계적인 유명인사가 되어 있다. 카메론 감독은 시너지 효과를 기대한 듯싶다.

어쨌거나 유명한 감독이 원한다니 손해 볼 일은 아니다.

윌리엄 그로모프에게 준 곡이 유명해지면 다이안 또한 반사 이익을 얻게 될 것이기 때문이다.

친애하는 윌리엄에게.

카메론 감독님께 감사의 뜻을 전해주세요. 아울러 아바타2로 윌리엄의 입지가 크게 높아졌으면 좋겠습니다.

그리고 그 곡은 윌리엄에게 준 겁니다. 원하는 대로 해도 좋습니다.

메일을 보내고 다시 검색을 시작했다. 북한의 상황을 조금 더 자세히 알고 싶기 때문이다.

이때 침대 위의 테리나가 뒤척인다.

시선을 돌려보니 이불을 걷어찬 상태이다. 현수는 더위와 추위에 무관하지만 테리나는 아니다.

감기에 걸릴 수도 있겠다 싶어 이불을 덮어주러 갔다.

백옥 같은 다리가 그대로 드러나 있다. 속옷 위에 얇은 슬립만 걸쳤는데 말려 올라가 있다.

이불을 들어 턱밑까지 덮어주려는데 말라 버린 눈물자국이 보인다. 생각보다 많이 울었는지 베개도 흠뻑 젖어 있다.

침대에 걸터앉아 흐트러진 머리카락을 정리해 주곤 부드럽게 쓰다듬었다. 왠지 애처롭다 느껴진 때문이다. 그리고 마법에 걸려 있는지라 깨지 않을 걸 알기 때문이다.

"흐으음! 도대체 뭐가 부족해서……. 쯧쯧."

러시아의 명망 높은 가문에서 태어났다. 그리고 뛰어난 두뇌로 하버드대학을 졸업했다. 미모와 몸매 역시 대단하다.

당장 슈퍼모델을 하겠다고 나서도 될 정도이다. 마음만 먹으면 할리우드를 지배하는 여배우가 될 수도 있을 것이다.

그런데 이미 결혼해 버린 유부남을 마음에 두고 가슴 아파하고 있으니 어찌 애처롭지 않겠는가!

"테리나, 애칭을 지어준 것엔 특별한 의미가 없어. 그런데 왜 그걸 운명이라 여겨? 나보다 더 좋은 사내가 있을 테니 어서 훨훨 날아가. 알았지?"

가지런히 정돈된 머리카락을 쓰다듬으며 중얼거린 말이다.

그런데 문득 이 상황이 데자뷰 같다는 느낌이다.

생각해 보니 성녀도 이러했다. 사랑을 거절당하자 스스로 의식을 닫아버리는 바람에 많은 사람이 애를 먹었다.

혹시라도 테리나 역시 그런 전철을 밟게 되는 건 아닌가 하는 생각이 든다. 아르센 대륙에선 가이아 여신이 있어 해결되었지만 지구엔 그런 존재가 없다.

"제발 그러진 마. 뭐가 아쉬워서 그래? 그치?"

그런 일이 일어나지 않기를 기원하며 일어섰다. 이때 잠꼬대를 하듯 웅얼거리며 몸을 웅크린다.

"바디 리프레쉬!"

샤르르르르릉—!

마나가 스며들자 편안하게 몸을 편다. 시계를 보니 일어날 시각이다.

"어웨이크!"

"…하아암! 어머!"

눈을 뜨며 하품을 하려는데 현수와 시선이 마주치자 놀란 듯하다.

"잘 잤어? 피곤은 풀린 거야?"

"네? 아, 네. 그럼요. 잠자리가 편했나 봐요. 자는 동안 제가 실수한 거 없죠?"

"그래, 잘 잤다니 다행이네. 커피 줄까? 물 줄까?"

"냉수 한 잔 주세요."

"오케이!"

물을 떠가지고 오니 일어나 앉은 채 바라보고 있다.

"왜? 어디 불편해?"

"아뇨. 당신이 내 남편이었으면 하는 생각을 했어요."

현수는 짐짓 아무렇지도 않은 듯한 표정을 지었다.

"그랬어? 왜 그런 생각을 해? 난 유부남인데."

"알아요. 하지만 생각엔 국경이 없잖아요."

현수는 대답 대신 물이 담긴 컵을 내밀었다.

"그건 그래. 어서 마시고 씻어. 내려가 아침 먹어야지."

"네, 알았어요."

벌컥벌컥 마시곤 발딱 일어선다. 그 바람에 못 볼 것을 보았지만 내색하지는 않았다.

"워낙 바빠서 오래 머물지 못함을 용서해 주십시오. 시간 내서 자주 들르도록 하겠습니다."

"네, 언제든 환영합니다."

대통령은 환히 웃으며 맞잡은 손에 힘을 주어 흔든다.

몽골을 떠나면서 작별인사를 하러 온 것이다.

"비서실장님도 만나 봬서 반가웠습니다. 다음엔 허리띠 풀어놓고 누가 더 술이 센지 시합 한번 하시지요."

"하하! 네. 저도 언제든 환영합니다. 조심해서 가시고 자주 들러주십시오."

하룻밤 새에 친밀도가 엄청나게 올라간 느낌이다. 하여 환히 웃으며 굳은 악수를 나눴다.

대통령궁을 떠난 현수는 칭기즈칸 공항에서 자가용 비행기를 타고 곧장 평양으로 향했다.

어제와 달라진 점은 테리나가 현수의 옆자리에 앉았다는 것이다. 스테파니는 혼동이 되는지 고개를 갸웃거린다.

* * *

"하하! 어서 오시라요, 김현수 동지!"

"네, 다시 뵈니 반갑습니다. 위원장님."

김정은이 현수의 손을 잡고 강하게 흔든다. 만나서 반갑다는 듯 환한 웃음을 짓고 있다. 전에는 장성택이 뒤에 있었으나 보이지 않는다. 숙청당해 목숨을 잃은 때문이다.

"자자, 앉으시라요."

김정은의 안내에 따라 자리에 앉자 차를 내온다. 그것을 다 마실 때까지 별말이 없다.

"요즘 우리가 좀 시끄러웠디요?"

"네? 아, 네에."

"기것 때문에 온 거이라면 걱뎡하지 마시라요. 내 뜻은 확고하니까요."

"네, 그렇군요."

상대가 선수를 치니 뭐라 할 말이 없다.

"기것만이 공화국을 방문한 목적은 아니디요?"

"네, 몇 가지 의논드릴 일이 있어 찾아뵈었습니다."

"기럼 개의치 말고 말씀하시라요."

김정은이 손짓하자 멀찌감치 떨어져 있던 비서들이 얼른 다가와 메모 준비를 한다. 현수가 하는 말은 무엇이든 다 메모하라는 사전 지시를 받은 때문이다.

"얼마 전 아제르바이잔 유화단지 공사를 수주했습니다. 이곳에 설립될 이실리프 유화단지의 전초 개념입니다."

"아! 그렇습네까?"

북한에 세워질 것을 대비하여 예행연습 차원으로 아제르바이잔의 공사를 수주했다는 뜻으로 받아들인 모양이다.

그래서 그런지 반색하는 표정이다.

"172억 달러짜리 공사인데 안주에 세워질 이실리프 유화단지 규모의 3분의 1 정도 될 겁니다."

"기래도 꽤 크겠구만요. 172억 달러짜리 공사이니 말입네다. 길티요?”

안주에는 약 62조 원이 소요될 공사를 할 예정이다.

이 중 상당히 많은 액수가 북한으로 흘러들 것이다. 가뜩이나 외화가 부족한 요즘이라 가뭄 끝의 단비같이 느껴진다.

그래서 김정은의 마음이 편해졌는지 환히 웃고 있다.

“네! 당연히 크지요. 그전에 안주에 기계공업단지를 먼저 설립했으면 합니다.”

“기계공업단지요?”

“네, 유화단지 건설은 기계공업과 밀접한 관계가 있으니 미리 조성해 두는 것이 좋을 듯합니다.”

김정은은 유화단지와 기계공업의 연관 관계를 잘 모른다.

하여 김영남 최고인민회의 상임위원장과 박봉주 내각 총리에 이어 최룡해 인민군 총정치국장과 리영길 총참모장, 그리고 장정남 인민무력부장의 얼굴을 차례로 살핀다.

모두들 잘 모르는 눈치이다.

대화 중에 관계자를 불러 확인할 수는 없다. 그렇기에 짐짓 아는 척하며 고개를 끄덕인다.

“그거이 필요하면 그렇게 하시디요.”

“고맙습니다. 그곳은 우리 민족을 위한 중요한 전진기지 역할을 맡게 될 겁니다.”

"그거이 무슨 소리입네까?"

전진기지라는 말을 설명해 달라는 표정이다.

"혹시 이실리프 모터스라는 회사를 들어보셨습니까?"

"……?"

또 배석해 있는 권력자들을 둘러본다.

"그거이 울림 모터스가 이름만 바꾼 거 아닙네까?"

장정남 인민무력부장의 말이다.

"맞습니다. 제가 그 회사의 지분이 많아져서 회사명을 그렇게 바꿨습니다. 세계 시장으로 진출할 때 울림보다는 이실리프라는 브랜드가 더 유리하다 해서 그렇게 했지요."

현수가 고개를 끄덕이자 김정은은 인민무력부장을 보고 희미하게 웃는다. 그리곤 다른 권력자들을 바라본다.

앞으로 남한에 대해 더 많이 공부하라는 뜻이 담겨 있다.

"저는 본격적으로 자동차 산업에 진출해 보려 합니다. 그런데 부품을 구하는 게 원활치 않더군요."

"……!"

"안주에 자동차 부품 공장들을 설립할 계획입니다. 자동차야말로 기계공업의 꽃이니 말입니다."

"환영합네다. 우리 공화국의 기계공업은 남한에 뒤지지 않습네다. 그러니 호상 간에 Win-Win이 될 거입네다."

상대방이 유화적이라 구상해 둔 생각을 이야기했다. 다음이 그 내용이다.

안주 이실리프 유화단지 외곽에 대규모 이실리프 기계공업단지를 신설한다.

부품 종류가 워낙 다양하니 클 수밖에 없다.

이곳에선 이실리프 모터스에서 필요로 하는 각종 부품을 생산한다. 우선은 부품의 설계 도면과 자재 및 공구를 남한에서 가져오고 북한은 기술자 및 근로자들을 제공한다.

자동차 부품은 2만여 개이다. 이 중 전자분야는 남한에서 생산하고, 기계분야는 북한에서 만들어낸다.

조립은 처음엔 남한에서만 하지만 결국 양쪽 모두에서 할 계획이다.

이곳에서 필요로 하는 원자재 중 철강은 북한 서부에 위치한 제철소 가운데 지나 자본이 들어 있지 않은 곳으로부터 납품 받는다.

황해제철연합기업소, 대동강제철소, 4·13제철소 등이다.

그러는 가운데 일본에 편중되어 있는 부품 및 소재 전부를 국산화할 계획이다.

일본은 한국에 대해 늘 망언만 해댄다. 정도가 심해지면 일본과의 국교 단절이라는 강수를 둘 수도 있어야 한다.

그때를 대비하여 아무런 피해가 없도록 사전에 준비하는 차원이다.

이것에 대한 기술적인 자료는 현수가 제공한다.

물론 일본을 몇 차례 방문해야 할 일이다. 설계도 및 성분비, 제조방법 등을 알아내야 하기 때문이다.

북한 땅은 세계에서 가장 폐쇄적인 곳이라 할 수 있다. 따라서 모종의 일을 획책하기에 더없이 좋은 곳이다.

아울러 통일비용 절감 효과도 있으니 일석이조 이상의 효과가 기대된다.

"참으로 고무적인 말씀입네다."

"그렇지요? 하지만 우리 민족을 위해서라도 꼭 이루어내야 할 일이기도 하지요. 안 그렇게 생각하십니까?"

"기럼요, 기럼요. 당연한 말씀이디요."

김정은은 연신 고개를 끄덕인다. 배석해 있는 권력자들 역시 흡족하다는 표정이다.

재원이 없어 개발하고 싶어도 개발하지 못하는 것이 공화국의 실정이다. 그런데 남한의 사업가가 자기 돈으로 개발 사업을 벌여준다는데 왜 싫겠는가!

그러는 가운데 자신들에게도 어느 정도 떨어질 것이다. 물론 김칫국 먼저 마시는 생각이다.

"참으로 유익한 말씀이셨습네다."

"그렇지요? 참, 제가 여러분과 좋은 시간을 보내고 싶어서 가져온 게 있습니다."

"기래요? 뭐디요?"

"전에 왔을 때 백두산 들쭉술이 아주 좋았습니다. 하여 귀한 술을 조금 가져왔습니다. 정력에 좋은 겁니다."

정력이라는 말에 모두들 눈이 번쩍 뜨이는 모양이다. 북한 사람도 남한과 같은 민족이라는 것이 확연하다.

"지금쯤 밖에 대기하고 있을 겁니다. 들여오라고 전해주시겠습니까?"

"이보라, 군관 동무. 날래 가서 말 전하라우."

"네, 알갔습네다."

문 가까이 서 있던 정복차림 군관이 거수경례를 하고는 후다닥 튀어나간다.

잠시 후, 일행은 영빈관 연회장으로 모두 이동했다.

현수가 김정은 등과 만나 이야기하는 동안 테리나는 러시아 대사관의 협조를 받아 이 연회를 준비했다.

물론 최철 대좌가 발바닥에 땀이 나도록 뛰어다녔다.

연회에 준비된 술은 엘프주이다. 마시면 간이 좋아지는데다 주향 또한 일품인 술이다.

"이 술은 제가 아프리카에서 어렵게 구한 겁니다. 담은 시기가 약 500년 전으로 추정되는 귀한 겁니다."

"네에? 이거이 500년이나 된 술이라는 겁네까?"

김영남 최고인민회의 상임위원장의 말이다.

"네. 500년간 숙성된 거 맞습니다. 드셔보시면 압니다."

연회장 소속 아가씨들이 분주히 오가며 술을 따라 모두의 잔을 채우곤 재빨리 뒤로 물러난다.

"위원장님, 외람되지만 오늘은 제가 먼저 건배를 제의해도 되겠습니까?"

"아! 물론입네다. 먼저 하시디요."

"감사합니다."

현수는 김정은에게 정중히 예를 갖추곤 잔을 들었다.

"여러분이 계시기에 안주에 이실리프 유화단지 및 기계공업단지를 건설할 수 있는 여건이 마련되었습니다. 우리의 발전된 내일을 위해 건배를 제의합니다. 위하여!"

"위하여!"

"위하여!"

모두가 '위하여'를 외치곤 잔을 비운다. 이때 현수의 입술이 달싹인다.

"매스 앱솔루트 피델러티!"

샤르르르르르르릉—!

눈에 보이지 않는 마나가 빠른 속도로 북한 수뇌부의 몸속으로 스며든다.

김정은은 물론이고 김영남 최고인민회의 상임위원장과 박봉주 내각 총리, 최룡해 인민군 총정치국장, 그리고 리영길 총참모장과 장정남 인민무력부장 등이다.

뒤쪽에 서 있는 아가씨들과 테리나에겐 가지 않도록 범위를 제한했다. 굳이 그럴 필요가 없기 때문이다.

CHAPTER 12
니들이 엘프주 맛을 알아?

절대충성 마법이 구현되었으니 이제 어느 누구도 현수의 의중을 거스르는 일은 없을 것이다.

또한 하려는 일을 방해하지도 않을 것이다.

절대왕정 시절에 국왕에게 충성을 바치는 충신 같은 마음이 될 것이기 때문이다.

"캬아아~! 술맛 한번 뎡말 기가 막힙네다."

"캬아! 맞습네다. 이런 술은 난생처음입네다. 가슴이 뻥 뚫리는 상쾌함이 느껴집네다."

"크흐으! 동무도 그런 기분을 느꼈습네까? 나는 10년 묵은

체중이 쑥 내려가는 듯 후련해졌습네다."

"세상에 어떻게 이런 술이 있디요? 뎡말 대단한 술입네다. 이거 우리 들쭉술은 명함도 못 내밀겠습네다."

"길티요. 이게 훨씬 낫습네다."

모두들 한마디씩 하며 고개를 끄덕인다.

이구동성으로 말한 것처럼 상쾌하면서 후련함이 느껴졌고, 자연의 청량함과 신선함, 그리고 말로 형언하기 힘든 시원함이 동시에 엄습한 까닭이다.

김정은도 예외는 아니다. 딱 한 잔 마셨을 뿐이지만 진한 여운이 느껴져 말을 하지 않고 있을 뿐이다.

"흐으으음!"

비강을 통해 빠져나가는 주향이 아깝다는 느낌이다.

"오늘 김현수 동지 덕분에 새로 개안한 느낌입네다."

"맞습네다. 세상에 이런 술이 있다는 걸 처음 알았습네다. 이 술의 이름은 뭡니까?"

모두들 이름과 산지를 알기만 하면 거금을 들여서라도 사오겠다는 생각인 모양이다.

"이 술은 세상에 딱 한 통밖에 없습니다. 그중 일부로 이것과 같은 걸 만들기 위한 연구 중에 있지요."

모두들 현수의 말에 귀를 기울이다.

"아프리카 정글 깊숙한 곳에 위치한 동굴에서 발견하였기에 정식 명칭은 없습니다. 저는 이 술을 대량 생산할 계획을 갖고 있습니다. 하여 생각해 둔 이름은 있습니다."

"뭡네까, 그 이름이?"

"엘프주입니다."

"엘프? 엘프가 뭡네까?"

남한과 달리 북한엔 판타지 소설 같은 것이 보급되어 있지 않다. 그렇기에 엘프에 대해 아는 사람이 없다.

"엘프는 말이지요……."

잠시 엘프에 관해 설명을 해줬다. 모두들 눈빛이 초롱초롱하다. 처음 듣는 이야기이니 신기한 모양이다.

"그래서 엘프주라 이름 지은 겁니다. 술맛 좋지요?"

"아! 기럼요. 뎡말 일품이었습네다."

"한데 술은 이게 다입네까?"

기가 막힌 맛인데 딱 한 잔씩만 마시니 감질난 모양이다.

"아닙니다. 제가 가진 것 중 절반을 가져왔습니다. 충분히 드실 수 있을 겁니다. 그런데 주의하실……."

현수는 많이 마시지 말 것을 권했다.

간이 좋아지고 치매 예방 등의 효과를 설명해 주고 남기면 다음에 마실 수 있음을 이야기한 것이다.

모두들 고개를 끄덕인다. 오늘 하루 마시고 마는 것보다는 다음에 또 마시는 것을 택한 것이다.

연회가 끝날 무렵 김정은에게는 바이롯 한 병을 주었다. 물론 엄청나게 귀한 것이라고 포장을 했다.

하여 100년 묵은 산삼보다도 더 좋은 것으로 여기게 되었다. 절대충성 마법 덕분이다.

"수고하셨어요."

"그래, 협정서 초안은 다 작성되었어?"

"네, 여기요."

현수는 테리나가 넘긴 이실리프 기계공업단지 설립에 관한 협정서를 면밀히 검토했다.

대단위 기계공업단지 신설에 관한 내용이라 협정할 것이 상당히 많기에 서류는 제법 두툼했다.

이런 걸 불과 몇 시간 만에 만들어내는 걸 보면 테리나는 확실히 뛰어난 능력을 가진 인재이다.

읽는 동안 커피를 내온다. 그리곤 바로 곁에 앉아 아무런 소리도 내지 않고 있다. 무엇이든 물으면 설명해 주려는 것으로 알고 내버려 두었다.

그러던 어느 순간 어깨에 머리를 기댄다. 자신이 서류만 보고 있어서 졸려 그러는가 싶어 내버려 두었다.

그런데 어깨에서 축축함이 느껴진다.

"……!"

왠지 이상하여 살짝 고개를 틀어 바라보았다.

서류를 읽는 정도의 움직임이었기에 테리나는 현수가 자신을 바라보고 있다는 걸 눈치채지 못한다.

그런데 눈에서 눈물이 흘러내리고 있다.

뺨을 타고 흐른 눈물이 뚝뚝 떨어져 앞섶은 물론이고 치마까지 적시는 중이다.

눈물이 줄줄 흘러내리는 정도인 것이다.

다시 서류에 시선을 돌렸지만 눈에 들어오지 않는다.

이 애처로운 여인을 어찌할 것인가 생각해 봐야 하는 상황이다.

지현과 연희, 그리고 이리냐에게 더 이상의 여인은 받아들이지 않겠다고 약속한 바 있다.

그렇기에 아무리 애처롭고 마음이 흔들려도 받아들일 테니 울음을 멈추라고 이야기할 수는 없다.

골치가 아프다. 그런데 방법이 없다.

한편, 테리나는 저도 모르게 솟는 눈물의 이유를 생각해 보았다. 협정서 초안을 읽는 현수의 모습은 멋지다.

주어진 일에 열중하는 사내의 모습인 것이다.

이런 사내의 사랑을 받으며 살고 싶은데 그러지 못할 것이라는 생각이 들자마자 쏟아지듯 눈물이 솟은 것이다.

한편으론 자신의 처지가 한심했다. 다른 여자의 남편이나 탐내고 있는 현실이 마뜩치 않은 것이다.

다른 사내도 있을 것이란 생각을 안 해본 게 아니다.

현수보다 더 잘생긴 사내도 많다. 하여 그런 사내들과의 인연을 만들어보려 했다.

그런데 안 된다. 아무리 매너 좋고 잘생겼으며 사회적으로 성공한 사내라 하더라도 눈에 들어오지 않은 때문이다.

왜 그런가를 생각해 보니 본인의 마음은 이미 누군가에게 완전히 점령당해 있다.

화인이 찍히듯 현수가 자리 잡아 다른 사내는 조금도 틈을 비집고 들어올 수 없을 정도인 것이다.

하여 정신과 의사를 찾아보기도 했다. 스스로 생각해 봐도 미친 것 같다는 느낌 때문이다.

그곳에서 많은 위로를 받았고 나름대로의 처방도 받았지만 아무런 소용이 없다.

큐피드가 쏜 화살은 너무 단단하고 깊숙이 박혀 있어 죽기 전에는 뺄 수 없다는 느낌이다.

바라만 보는 사랑은 슬프고, 외롭고, 쓸쓸하다.

이것은 사람의 마음을 붕괴시킨다. 그래서 젊은이들의 자살 이유 중 22%가 짝사랑의 외면 때문이다.

테리나는 샘처럼 솟는 눈물을 주체할 수가 없었다. 어젯밤에도 이랬다. 하지만 손을 움직여 닦아내지 않았다.

사랑하는 현수가 눈치채면 마음 불편해할 것 같아서이다.

"……!"

현수는 잠시 어금니를 악물었다.

스스로의 마음을 굳히기 위함이다. 지현과 연희, 그리고 이리냐에게 한 약속을 지키려면 이 방법밖에 없다.

그래서 다시 협정서 초안을 읽기 시작했다. 문자는 읽혀지지만 내용은 머릿속으로 들어오지 않는다. 그래도 읽었다.

차츰 내용이 이해된다. 그렇게 시간이 흘렀다.

"테리……."

말을 하려다 멈췄다. 잠든 것 같다는 느낌 때문이다. 슬쩍 고개를 돌려보니 생각대로 눈을 감고 있다.

아주 조심스럽게 움직여 테리나를 소파 위에 눕혔다.

침대로 옮기려다간 깰 것 같아서이다. 이불을 가져다 살그머니 덮어주었다. 눈물 젖은 얼굴이 보인다.

안쓰럽고, 애처롭다.

이 순간 테리나는 잠든 것이 아니었다. 슬픔에 북받쳐 정신을 잃고 혼절한 상태인 것이다. 이런 상태가 심해지면 성녀처럼 의식을 찾지 못하는 상황이 될 수도 있다.

어쨌거나 현수는 이런 상황을 모른다. 하여 샤워도 하고 서류들을 꺼내 다시 읽어보기도 했다.

그렇게 시간이 흘렀다.

"…이상하네."

사람이 잠들면 뒤척인다.

일정한 자세가 계속되면 침대나 이불에 눌린 부분이 압박을 받아 혈액순환이 나빠지기 때문이다.

스웨덴 릴하겐 임상병리연구소의 통계에 따르면 하룻밤에 성인이 뒤척이는 횟수는 평균 80~100회 정도이다.

그런데 테리나는 전혀 움직임이 없다. 호흡을 하지 않는다면 죽은 것으로 오인할 정도이다.

"테리나! 테리나!"

거푸 이름을 불렀으나 반응이 없다. 문득 이상함을 느낀 현수는 얼른 흔들어보았다.

"테리나! 테리나! 자는 거야?"

헝겊 인형처럼 흔들리기만 할 뿐이다.

"이런 젠장! 또……."

성녀와 같은 케이스라 생각하였다.

그렇다면 문제이다. 가이아 여신은 이곳엔 없는 존재이기 때문이다. 그리고 테리나는 성녀도 아니다.

"어웨이크! 테리나!"

"끄응!"

"휴우!"

무심코 시전한 마법에 반응하자 나지막한 한숨이 나온다.

안도의 한숨이다.

한편, 깊은 혼절의 나락 속에 있던 테리나는 마음속 지옥을 경험하고 있었다.

펄펄 끓는 기름 속에도 빠졌고, 뜨거운 불판 위를 구르기도 했다. 가시달린 채찍에 매를 맞았으며, 커다란 바위에 짓눌려 신음을 토하기도 했다.

무시무시한 괴물에게 쫓기기도 했다.

가장 마음을 아프게 한 건 현수가 지현과 연희, 그리고 이리냐에게만 다정하게 대하고 자신은 거들떠보지도 않는 것이었다.

너무 힘들고, 무섭고, 괴롭고, 외로웠으며, 가슴이 아파 그냥 죽어버리고 싶었다. 이때 밝은 빛이 비췄다. 허공으로 시선을 돌리자 현수가 자신을 부르는 음성이 들린다.

그리곤 깨어난 것이다.

"여긴……?"

"괜찮아?"

아주 다정한 음성이다. 그리고 부드러운 표정으로 내려다보고 있다. 시선이 마주치자 눈물이 또 샘솟는다.

"흐흑! 흐흐흐흑!"

뜨거운 눈물이 두 볼을 적시며 흘러내린다.

그럼에도 눈을 감지는 않았다. 자신을 보고 있는 현수를 1초라도 더 시선 속에 담고 싶은 때문이다.

"……!"

현수는 마음이 아프고 애처롭다 느꼈지만 무어라 위로해 줄 수가 없다. 하여 가만히 안아주었다.

테리나의 눈물이 잦아든 것은 거의 10분이 지나서였다. 우느라 심력을 너무 많이 소모해서 그런지 축 늘어진다.

또 혼절하려는 것이다.

"테리나! 테리나! 정신 차려! 바디 리프레쉬!"

샤르르르르르릉—!

마나가 스며들자 조금 나아지는 것 같다.

"아공간 오픈!"

상처 입은 게 아니다. 하여 회복 포션이 아닌 마나 포션을 꺼냈다. 얼른 뚜껑을 열곤 테리나의 입안으로 흘려 넣었다.

"…미안해요. 제가 잘못했어요."

기력을 되찾고 처음 한 말이다.

"아냐. 괜찮아. 사람 마음이라는 게 마음대로 되는 게 아니니까. 일단은 편안히 누워 몸과 마음을 추슬러. 알았지?"

"네, 하라는 대로 할게요."

가만히 고개만 끄덕이는 테리나를 번쩍 안아 침대로 데리고 갔다. 그리곤 말없이 의복을 벗겼다.

편히 쉴 수 있도록 하기 위함이다.

"딥 슬립!"

샤르르르릉!

테리나가 잠에 빠져든다. 잠시 침대 곁에 앉아 잠든 모습을 지켜보았다. 화장기가 없어도 매우 아름답다.

손을 뻗어 부드럽게 머리를 쓰다듬었다.

"푹 자. 자고 일어나면 기분이 괜찮아질 거야."

창가로 자리를 옮겨 협정서를 읽었다.

문득 답답함이 느껴진다. 옷을 입고 밖으로 나오니 엘리베이터 앞에서 졸고 있던 최철 대좌가 벌떡 일어난다.

"어디 가시게요?"

"조금 답답해서요. 이 시간에 술 마실 곳 있나요?"

"이 시간이라면……."

북한은 한국과 다르다. 밤이 되면 깜깜한 암흑으로 휩싸이는 곳이다. 12시가 넘은 이 시각에 영업하는 술집이 있을 리 없다. 호텔도 마찬가지이다. 손님이 별로 없기 때문이다.

잠시 머뭇거리던 최철 대좌가 생각났다는 듯 시선을 준다.

"가시디요. 제가 모시갔습네다."

"네, 그럼."

영빈관 밖으로 나가자 연락 받은 경호요원들이 차에 올라탄다. 현수가 탄 벤츠는 텅 빈 도로를 따라 잠시 질주했다.

"여긴… 어딥니까?"

"공화국엔 이 시간에 문을 여는 술집이 없습네다. 하여 제 집으로 모셨습네다. 들어가시디요."

"네? 사모님과 아이들이 잠들……."

현수의 말은 중간에 끊겼다.

"아닙네다. 출발할 때 연락하였으니까니 지금 들어가셔도 됩네다. 가시디요. 제가 모시갔습네다."

"음, 알겠습니다."

모처럼 생각해서 이곳까지 왔는데 그냥 가자고 하는 것도 예의가 아니다. 최 대좌의 아내가 손님을 맞이하기 위한 준비를 하고 있을 것이기 때문이다.

삐익—!

나지막한 경첩 음에 이어 실내가 눈에 들어온다.

"어서 오시라요. 환영합네다."

"어서 오시라요. 환영합네다."

현관 입구에 서 있던 최 대좌의 아내가 한 말을 꼬맹이 셋이 그대로 따라서 합창한다.

"아이들도 있는데 선물을 못 가져왔습니다. 죄송합니다."

"무슨 말씀을……. 아닙네다. 그냥 오셔도 됩네다. 자, 안으로 들어오시디요."

"네, 그럼 실례하겠습니다."

현수와 최 대좌가 들어서자 현관문이 닫힌다. 밖에는 호위사령부 제1호위부 특임대원들이 삼엄하게 경계 중이다.

군관 4명과 사관 8명이다.

"집이 아주 깔끔하네요."

실내를 휘 둘러보고 현수가 한 말이다. 방 세 개에 거실과 부엌, 그리고 화장실 하나가 있는 구조이다.

"차린 건 없지만 많이 드시라요."

최 대좌의 아내가 차려놓은 음식은 백두산 들쭉술 한 병, 닭볶음탕 한 접시, 그리고 과자 두 봉지이다.

창졸간에 차려낸 음식이기는 하지만 너무나 빈약하다. 북한의 열악한 실생활을 엿보는 듯하다.

"죄송합네다. 차린 게 너무 없디요? 마침 식재료가 떨어져서……."

"아, 아닙니다. 갑자기 온 제가 잘못이지요. 그나저나 닭볶음탕이 아주 맛있겠습니다."

"제가 먼저 한잔 올리갔습네다."

최 대좌가 갑자기 무릎을 꿇더니 두 손으로 술을 따르려 한다. 곁에 아이들이 보고 있는데 가장이 이런 모습을 보이는 것이 어떨지에 대한 생각은 전혀 없는 듯하다.

"어른들 술 마시는 동안 너희들은 과자 먹을래?"

식탁 위의 과자봉지를 아이들에게 주자 엄마 눈치를 본다.

그래도 되느냐는 표정이다.

"아저씨가 주는 건 먹어도 돼. 이거 다 먹으면 맛있는 과자 많이 보내줄게. 자, 이거 가지고 방에 들어가서 먹어."

아이들은 현수의 손에 들린 과자봉지에 시선을 주면서 어찌해야 할지 고민하는 듯하다.

"하하! 녀석들. 자, 이거 먹어. 너희들 방은 어디지?"

작은 녀석이 곧바로 방 하나를 가리킨다.

"자, 아저씨랑 같이 가자."

제일 작은 녀석을 번쩍 안아 들고는 성큼성큼 걸어 아이들 방으로 갔다. 그리곤 과자봉지를 건네주었다. 먹고 싶은 걸 애써 참고 있었는지 금방 봉지 속에 손을 넣는다.

문을 닫고 나오도록 최 대좌는 자세를 바꾸지 않고 있다.

"편히 앉으세요. 그리고 술은 제가 먼저 따를게요."

"아, 아닙네다. 그럴 수는……."

현수가 병을 낚아채니 할 수 없이 놓는다.

"자, 사모님부터 한잔 받으세요."

"네? 아, 아닙니다. 어떻게……?"

아내는 남편으로부터 어떻게 해서 벼락 진급을 하고 창전거리 아파트까지 배정 받았는지에 관한 이야기를 들었다.

공화국을 위해 큰일을 하는 남조선 사업가의 눈에 뜨여 경애하는 위원장 동지가 특별 경호임무를 하달했다고 한다.

그분의 눈에 벗어나면 도로 신의주로 가야 한다면서 혹시라도 보게 되면 얼른 인사부터 하라는 말을 듣곤 했다.

이 사업가는 국빈들이나 묵을 수 있는 백화원 초대소를 사용하며, 언제라도 제1위원장을 독대할 수 있다고 한다.

심지어 러시아 대사조차 절절매는 존재라 하였다.

그런 사람이 집에 왔다.

신의주에서 살던 집보다 훨씬 나은 창전거리 아파트이다. 그럼에도 몹시 부끄럽다는 느낌이다.

그런데 술을 따라준다니 몸 둘 바를 몰라 절절맨다. 그러거나 말거나 아내의 잔에 술이 채워진다.

쪼르르륵—!

"자, 다음은 최 대좌님! 나를 위해 늘 애써주는 것에 대한 제 마음입니다."

"아이고, 이러지 마십시오."

최 대좌는 황송하다는 표정이다. 절대충성 마법 때문이다.

그러거나 말거나 또 술을 따라주었다.

쪼르르륵—!

"자, 저도 한잔 주십시오."

술병을 건네자 공손히 따른다. 무릎 꿇지 말라고 해봤자 안 들을 것 같아 그냥 두 손으로 술을 받았다.

쪼르르륵—!

"자, 그럼 한잔 해볼까요?"

짐짓 익살스런 표정을 지으며 잔을 들자 최 대좌 부부가 황송해하며 잔을 든다.

"최 대좌님 가정의 행복을 위하여!"

"위, 위하여!"

쭈욱―!

"크으으!"

단숨에 잔을 비웠다. 상당히 독한 술이기에 목구멍이 화끈했지만 기분은 좋았다. 울적했던 게 약간은 풀리는 기분이다.

주거나 받거니 하며 들쭉술 여섯 병을 비웠다. 안주로 내온 닭볶음탕은 일찌감치 떨어져 김치를 안주 삼았다.

백두산 들쭉술은 남북정상회담 만찬장에서 건배주로 쓰일 만큼 북한 최고급 주류이다.

병당 600*ml*가 담겨 있으며 40도짜리 술이다. 이런 걸 여섯 병이나 비우는 동안 최 대좌의 아내는 취했다.

엄청 긴장했지만 알코올을 못 이긴 것이다. 최 대좌 역시 만취했다. 하지만 현수는 멀쩡하다.

테리나로 인한 마음의 답답함은 여전히 풀리지 않는다. 하지만 어쩌겠는가!

"큐어 포이즌!"

샤르르르르릉―!

마나가 스며들자 꿈틀거리더니 정신을 차리는 듯하다. 하긴 체내 알코올이 다 분해되었으니 깨는 게 정상이다.

"오늘 잘 마셨습니다. 내일 봅시다."

최 대좌의 집을 나서서 백화원 초대소로 돌아왔다. 테리나는 여전히 깊은 잠에 취해 있다.

자는 동안 또 울었는지 베개가 흥건히 젖어 있다.

현수는 날이 밝을 때까지 테리나의 머리를 쓰다듬고, 또 쓰다듬어 주었다. 현재로선 그것밖에 해줄 것이 없다.

"잘 주무셨습네까?"

"네, 아주 편히 쉬었습니다. 위원장님은 어떠셨습니까?"

"아이고, 나는 한잠도 못 잤습네다. 하하하!"

"후후후!"

현수와 김정은이 마주 보고 웃는다.

김정은은 아직 혈기왕성한 나이다. 여기에 바이롯 반병이 추가되었으니 그냥 잠들었다면 이상할 일이다.

"저희 쪽에서 협정서 초안을 작성했습니다. 이겁니다. 검토해 보셨으면 합니다."

"물론입니다. 검토가 끝나면 바로 연락드리겠습니다."

"네, 그렇게 하십시오."

테리나가 작성한 초안 중 수정할 부분은 모두 수정되었다.

이걸 인쇄하여 건넨 것이다.

"최 대좌, 오늘 점심을 최 대좌의 집에서 먹고 싶은데, 가능하겠습니까?"

"네? 저, 저희 집이요?"

조수석에 앉아 있던 최철이 화들짝 놀란다.

"왜요? 안 됩니까?"

"아, 아닙니다. 준비하도록 하겠습니다. 잠시만요."

최 대좌는 허둥지둥 차에서 내려 집으로 전화 걸러 갔다.

"저분 집에는 왜 가요?"

"어젯밤에 신세 좀 졌거든."

"어젯밤이요? 밤에 외출하셨어요?"

무슨 소리냐는 표정이다.

"응. 테리나가 먼저 자서 술친구가 필요했어."

"아! 미안해요."

"참, 여행용 가방은 차에 실어뒀지?"

"네. 근데 가방 속에 뭐가 들어서 그렇게 무거워요?"

현수가 챙겨온 것은 대형 캐리어 두 개이다. 아공간에 담긴 걸 꺼내기 뭐할 때 사용하려 가져온 것이다.

"그냥 이런저런 거. 여행하다 출출할 때 먹을 통조림과 과자도 있고. 하여간 뭐 그런 것들이야."

테리나는 고개를 갸웃거린다.

지금의 현수는 어디를 가든 최고의 귀빈이다.

먹고 싶은 게 있다면 어디서든 무료로 제공 받는다. 그런데 통조림과 과자 운운하니 의아한 것이다.

"또 왔습니다."

"아이고, 어제는 정말 죄송했습네다."

최 대좌의 부인은 먼저 술에 취했던 것이 몹시 부끄러운 듯 고개를 숙인다.

"꼬맹이들 있죠?"

"네. 얘들아, 뭐 해, 어서 인사드리지 않고?"

"안녕하세요? 어서 오십시오. 환영합네다."

"하하! 녀석들."

두 손을 배꼽 위에 얹고 꾸벅 고개를 숙이는 아이들의 머리카락을 흐트러뜨리며 환히 웃었다.

안으로 들어간 현수는 가방부터 열었다. 안에는 각종 통조림과 과자로 가득하다.

캐리어 중에서도 가장 큰 것이니 상당히 많이 담겨 있다.

아이들의 눈이 금방 휘둥그레진다. 한 번도 본 적이 없는 고급스런 포장 때문이다.

"어제 처음 오면서 빈손으로 온 게 마음에 걸려서요. 이건 아이들 주십시오."

"우와! 이거 초코파이예요, 초코파이!"

개성공단 근로자들에게 간식용으로 지급된 초코파이는 장마당을 통해 거래된다. 하도 맛있다고 소문이 나서 세 개를 구입하여 아이들에게 먹인 적이 있다.

그렇기에 알고 있는 것이다.

"엄마, 이거 먹어보면 안 돼요?"

"안 되긴 먹어도 돼. 자, 먹어봐."

얼른 상자를 열어 하나씩 꺼내주었다. 아이들은 신났다는 표정으로 얼른 베어 문다.

"이건 식재료로 쓰세요."

스팸과 참치를 포함한 통조림만 수백 개다. 최 대좌의 아내는 뭐라 감사의 뜻을 표해야 할지 몰라 멈칫거린다.

"김현수 동지, 앞으로 충성을 다하겠습네다."

최 대좌가 먼저 고개를 숙인다.

누가 들었으면 큰일 날 소리이다.

북한의 군인이 남조선의 사업가를 모시겠다는 뜻은 공산당에 대한 충성을 버리겠다는 말이기 때문이다.

"에구, 그런 말씀 하지 마십시오. 그리고 이건 우정의 뜻으로 드리는 겁니다. 맛있게 요리해서 드세요."

최 대좌의 집에서는 밥을 먹을 상황이 아니다. 하여 현수는 백화원 초대소로 되돌아왔다.

점심을 먹고 객실로 올라가자 테리나가 쫑알거린다.

"잘하셨어요. 하지만 아이들에게 지속적으로 간식을 주지 않으면 안 준 것만 못한 거예요."

아이들 입맛만 버려놓았다는 뜻이다.

"지속적으로 주면 되지. 근데 기분 괜찮아?"

"네. 많이 좋아졌어요. 그런데 부탁할 게 하나 있어요."

"그래? 뭔데?"

웬만하면 들어줄 마음으로 물은 것이다.

"제가 부탁하면 들어주실 건가요?"

"웬만하면… 아니, 안 되는 것 빼면 다 들어줄게."

말을 바꾼 이유는 그래야 한다는 생각이 들어서이고, 안 되는 것은 테리나를 아내로 받아들이는 것이다.

테리나 역시 안다는 듯 고개를 끄덕이고는 말을 잇는다.

"좋아요. 그럼 앞으론 자기라고 부르게 해주세요."

"……!"

속내가 뭐냐는 표정으로 바라보았다.

"나 결혼 안 할 거예요. 그래도 마음속의 연인 하나쯤은 있어야 견뎌내지 않겠어요? 앞으로 50년 이상 살 건데."

현수는 대꾸하지 않았다. 쉽게 대답할 일이 아니기 때문이다. 하지만 입을 열지 않을 수는 없다. 가타부타 대답하라는 표정으로 빤히 바라보고 있기 때문이다.

"알았어. 뜻대로 해."

"고마워요. 호호!"

언제 침울했냐는 듯 환히 웃는다.

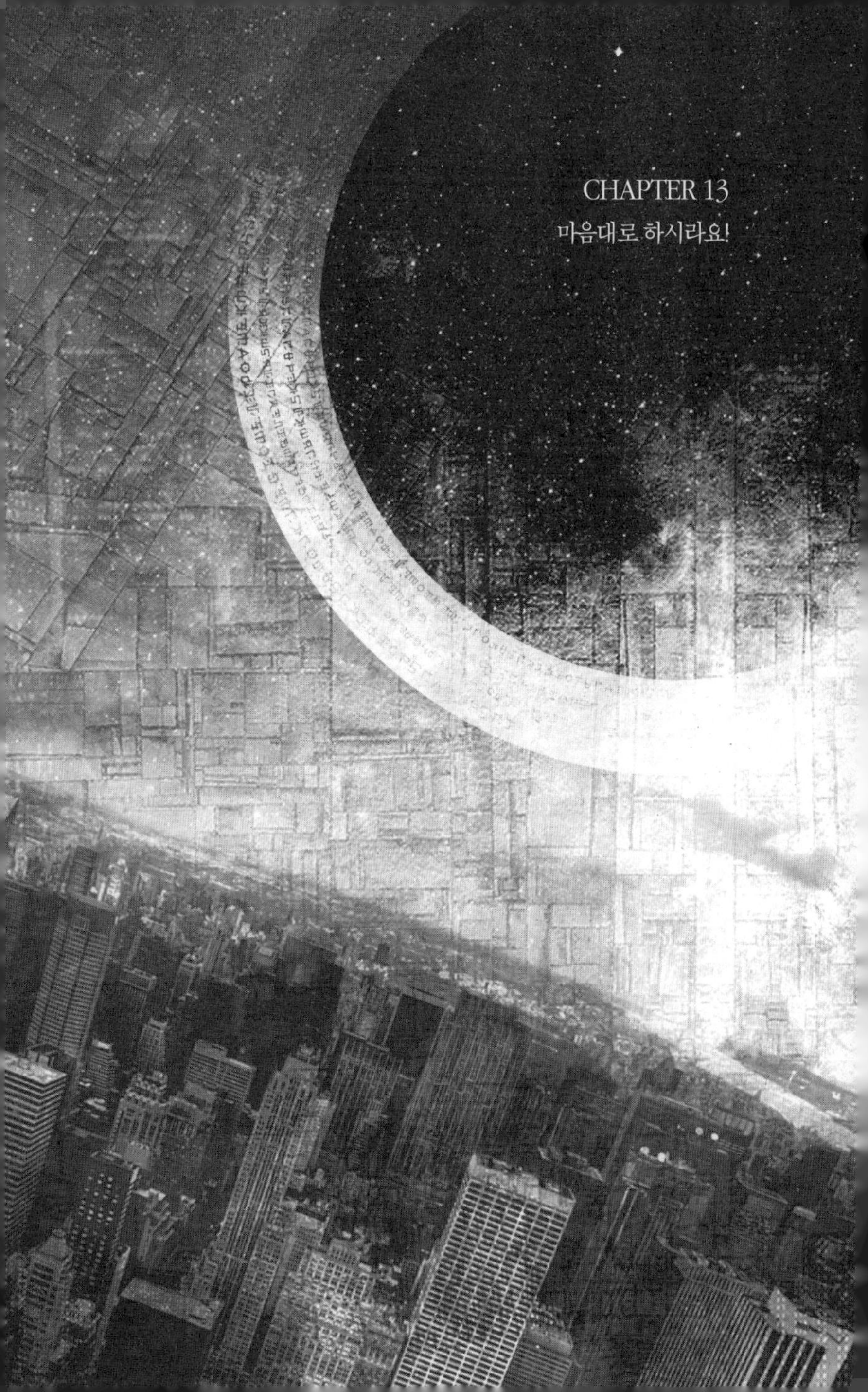

CHAPTER 13
마음대로 하시라요!

"자기야, 나 놀고 싶어요."

"뭐?"

"자기랑 놀고 싶다구요. 우리 여기서 이러지 말고 밖으로 나가요."

"테리나, 여긴 남한이나 러시아가 아니야."

밖에 나가 봤자 서울이나 모스크바처럼 유흥을 즐길 만한 곳이 없음을 이야기한 것이다.

"알아요. 그래도 자기랑 걷고 싶어요."

"걷는 거? 그거라면……."

테리나는 현수와 다정스런 연인처럼 걷는 모습을 다른 사람에게 보여주고 싶은 것이다.

누가 봐도 연인 사이라 여기게 하려는 목적이다.

둘은 백화원 초대소 주변을 천천히 거닐었다. 테리나는 연신 '자기'라는 말을 입에 달고는 팔짱을 끼었다.

빼고 싶었지만 그러지 않았다. 가혹하다 여긴 것이다.

"어서 오시라요."

"네, 결정하셨습니까?"

"김현수 동지의 뜻대로 이실리프 기계공업단지를 신설하는 걸 승인하기로 했습네다."

"아! 그런가요?"

"앞으로 잘 해보십세다."

김정은이 활짝 웃자 인민무력부장 등도 환히 웃는다.

이런 결정을 하리라 이미 예견하고 있었다.

절대충성 마법을 걸어놨으니 애초에 준 약정서보다도 진일보한 것이 준비되어 있을 것이다.

물론 현수에게 유리한 내용이다.

미안한 이야기지만 북한은 이제 현수의 통치를 받는 것이나 다름없다.

어느 날 갑자기 수뇌부 전체가 숙청되거나 쿠데타로 목숨을 잃지 않는 한 현수의 뜻을 따를 것이기 때문이다.

내키지 않지만 이런 수를 둔 이유는 사업의 연속성 유지 때문이다. 앞으로 하려는 일은 개인의 이익만을 도모하려는 것이 아니다.

북한의 경제는 남한에 비해 많이 뒤처져 있다.

남한에선 둘이 하나가 되는 통일을 바라지만 엄청난 액수의 통일 비용이 요구된다.

둘의 격차가 적으면 적을수록 이 비용은 급감한다. 따라서 북한의 경제상황은 개선되어야 할 필요가 있다.

그런데 수뇌부에서 계속 딴죽[9] 걸거나 자신들의 이익만을 도모하려 한다면 진행이 더뎌질 수 있다. 그렇기에 지극히 우호적이지만 절대충성 마법까지 시전한 것이다.

아무튼 대외적인 이목이 있기에 현수는 환히 웃으며 김정은의 손을 잡고 흔들었다. 어쩌면 역사적인 일이 될지 모른다면서 비디오카메라로 녹화하는 중이기 때문이다.

"협정서는 저희가 준비할까요?"

"아닙네다. 공화국에서 다 준비했습네다. 예쁜 변호사 동무에게 검토시키시라요."

"네, 알겠습니다. 그렇게 하지요."

"검토하는 동안 우리끼리 술이나 한잔하시디요."

---

9) 딴죽 : 동의하거나 약속한 일에 대하여 딴전을 부림을 비유적으로 이르는 말. 씨름이나 태껸에서 발로 상대편의 다리를 옆으로 치거나 끌어당겨 넘어뜨리는 기술.

"그럼 그럴까요?"

환히 웃으며 자리를 바꿨다. 테리나는 바로 옆방에서 수정된 협정서의 내용을 살피기로 했다.

자리를 옮긴 곳엔 비디오카메라 없이 수뇌부들만 배석했다. 현수가 원하는 상황이다.

"제가 알기로 공화국 사정이 어려워지면서 지나 자본이 많이 들어온 것으로 알고 있습니다."

"으음, 기렇티요."

"저는 공화국이 지나에 의해……."

잠시 현수의 말이 이어졌다.

대동강 주변에 풍부하게 매장된 규사를 사용해 하루 300t의 유리를 생산하는 대안친선유리공장은 지나와의 합작이다.

통화철강그룹, 옌볜톈츠철강그룹, 중강그룹은 50년간 무산광산 개발권을 따내서 매년 1,000만t의 철광석을 지나의 제강소로 옮기고 있다.

뿐만이 아니다. 평안북도 벽동군 동주리와 압록강을 사이에 둔 지역의 목재를 1만 2,000㎥나 가지고 갔다.

라진항은 지나가 50년간 독점 사용하는 조차지가 되어버렸고, 돈이 급해진 최근엔 지하자원의 무분별한 유출이 가속화되어 가는 중이다.

예를 들어, 2012년에 북한은 2,580만t의 석탄을 생산하여 45.7%를 지나에 수출했다.

우리 민족이 공동으로 사용해야 하고, 후대에 물려주어야 할 귀중한 지하자원이 북한의 경제난 때문에 헐값에 처분되는 중이다.

현재 북한에 진출한 외국기업 중 50% 가까이가 지나 기업이다. 지나 자본에 의해 점령당하는 중이다.

어찌 보면 경제적 동북공정이 진행되고 있는 것이다.

냄새나는 되놈들에게 모든 것을 빼앗길 수는 없다.

하여 몇 가지 당부를 했다. 물론 듣는 이들에겐 지시로 들릴 것이다.

현수가 언급한 것은 다음과 같다.

1. 향후 어떠한 형태로든 지나의 새로운 자본이 공화국에 유입되는 것을 차단한다.

2. 지나의 기업과 협력하여 진행 중인 모든 사업은 최대한 축소 내지는 점진적으로 폐지하기로 한다.

3. 기존에 지나와 맺은 협약 중 어떠한 것도 기한 연장을 해주지 않는다.

경제난에 처한 북한 입장에서 보면 손가락만 빨고 있으라는 뜻으로 들릴 것이다.

하여 이에 대한 반대급부로 여러 가지를 제시했다.

그중 하나가 시베리아 횡단철도와의 연결 사업을 대비한 열차 제조 및 철로 수정이다.

한국과 유럽은 표준궤[10]이다. 북한 지역은 협궤이고, 시베리아 노선은 광궤이다.

협궤는 곡선 주행에선 유리하지만 속도가 높아질수록 차량의 진동과 동요가 크기 때문에 고속 주행 시 차량이 불안정해지는 단점이 있다.

광궤의 경우는 안정적인 주행과 고속에서도 큰 문제가 없는 것이 장점이지만 곡선부 통과에 제한을 받는다.

모두를 하나로 통일하면 좋겠지만 시간과 자본이 많이 든다. 하여 협궤를 표준궤로 바꾸도록 하였다. 적어도 남북한 내에서는 환적 없이 유통되도록 하기 위함이다.

이실리프 자치구에서 본격적인 생산을 시작하면 엄청난 수량의 곡물과 축산물 등을 수송해야 한다.

따라서 많은 열차가 필요하다. 승객 수송용도 있어야 하고 화물용도 있어야 한다.

화물용은 곡물용뿐만 아니라 신선도 유지가 생명인 축산물용과 과수용도 있어야 한다.

---

10) 표준궤 : 철도 레일의 간격, 즉 궤간 1,435mm짜리 레일. 세계적으로 가장 많이 사용된다. 이 표준궤보다 넓은 것을 광궤, 좁은 것을 협궤라고 부른다.

이외에 이실리프 유화에서 생산될 유류 수송용도 있어야 하며, 일반 화물도 취급해야 한다. 모두 수량이 상당히 많을 것이다. 그렇기에 상당히 많은 열차를 제조해야 한다.

이것만으로도 웬만한 도로공사 못지않은 고용 창출 효과가 있을 것이다.

이실리프 기계공업단지는 설계를 마치는 즉시 공사를 개시하기로 했다.

이것 역시 상당히 많은 인력을 고용하는 효과가 있을 것이기에 경제 전반에 활력을 불어넣게 될 것이다.

규모가 어마어마하기 때문이다.

현수의 목표는 2만 개에 달하는 자동차 부품 가운데 절반 이상을 북한에서 생산해 내는 것이다. 다시 말해 1만 종 이상 생산할 공장을 설립할 계획이다.

북한에 없는 자재는 남한에서 수송해 오면 될 것이다.

부족한 식량은 개량된 종자를 제공하고, 연료는 펠릿보일러 조기 제공으로 해결할 계획이다.

김정은 등은 고개를 끄덕이며 현수의 말을 귀담아듣는다. 반드시 지켜야 할 지상명령이 떨어진 것이기 때문이다.

• "협정서의 내용이 일부 수정되었는데 우리 쪽이 조금 더 유리합니다. 이대로 사인하셔도 될 거예요."

가까이 다가온 테리나가 귓속말로 속삭인다.

"그래? 수고했어."

"수고는요. 다 자기를 위한 일인걸요."

언제 그렇게 슬프게 울었느냐는 듯 방긋 웃는데 그 모습이 아주 예쁘다. 이때 최철 대좌가 다가온다.

"김 사장님, 준비 다 되었답네다. 가시디요."

"아, 그래요? 그럽시다."

앞장서서 걷는 최 대좌의 걸음이 위풍당당하다.

내 바로 뒤에 위대한 분이 오신다! 모두 비켜라!

마치 이런 분위기를 내고 싶었는지 구두 뒤축 닿는 소리가 규칙적이며 당당하다.

이런 기분을 알았는지 복도에 있던 사람들이 뒤로 물러선다. 하긴 오늘의 주인공 가운데 하나의 행차이다. 당연히 비켜서야 할 일이다.

최철 대좌의 안내를 받아 간 곳은 대연회장이다.

외국의 대통령 등 국빈이 방문할 때 사용하는 곳인지라 뉴스에서 여러 번 본 대형 걸개그림이 눈에 뜨인다.

뉴스를 위한 조선중앙TV의 로고가 선명한 카메라가 설치되어 있다. 단상엔 여러 개의 마이크가 있는데, 그중엔 조선중앙방송의 마이크도 보인다.

TV와 라디오 모두 보도할 모양이다.

“어서 오시라요! 여기 앉으시디요.”

“네, 감사합니다.”

김정은에게 정중히 예를 갖추곤 곁에 앉았다.

“에, 그럼 디금부터 평안남도 안주군 입석면 일대에 설립할 이실리프 기계공업단지 설립에 관한 협정식을 거행토록 하갔습네다. 이 사업은…….”

잠시 사회자의 설명이 이어진다. 어마어마한 규모의 기계공업단지가 신설되는데 남조선 사업가 김현수가 기술과 자본을 투자한다는 내용이다.

자동차 부품을 생산할 예정이라는 말은 하지 않았다.

그렇게 하도록 사전에 부탁한 때문이다. 아무튼 사회자에게 향해 있던 카메라가 현수와 김정은에게 향한다.

“두 분께서는 앞에 놓인 협정서에 사인해 주십시오.”

화면이 클로즈업되는 가운데 사인을 했다.

그리곤 상대방에게 건네며 악수를 했다. 그야말로 번갯불에 콩 볶듯 전격적으로 이루어진 협정이다.

“앞으로 잘해보십세다. 적극적으로 밀어드리갔습네다.”

“감사합니다. 최선을 다하도록 하겠습니다.”

환히 웃으며 악수하는 둘의 모습이 또 클로즈업되었다.

잠시 후, 조선중앙TV는 정규방송을 중단했다.

대신 이실리프 그룹과 체결한 이실리프 기계공업단지 조성에 관한 뉴스를 내보냈다.

언제 준비했는지 앞으로의 전망까지 나온다.

"친애하는 지도자 동지께서 용단을 내리시어……."

북한 특유의 억양으로 보도된 내용을 듣는 북한 주민들은 상기된 표정이다.

남한 기업에서 일을 하게 되면 보수도 쏠쏠할 뿐만 아니라 초코파이 같은 것도 먹을 수 있다.

그렇기에 자신이 그곳에서 일할 수 있게 되길 바라는 마음에서 화면에 눈과 귀를 집중하고 있다.

북한이 예상한 공장 수는 1,000개이다.

공장 하나당 10개 이상의 자동차 부품을 생산하게 된다.

각각의 공장마다 1,000명씩만 채용해도 100만 명이나 된다. 어마어마한 숫자이다.

혹자는 이만한 인원이 필요하느냐고 질문할 수 있다.

그런데 북한의 근로자 평균 월수입은 2만 4,000원 정도이다. 반면 2013년 8월 현재 남한의 모 자동차 회사 노조원의 평균 임금은 9,400만 원이나 된다.

월 783만 3,000원씩 받는 셈이다.

이를 계산해 보면 남한 근로자 한 명에게 줄 월급은 북한 근로자 326명이 한 달간 버는 돈을 합친 금액이다.

따라서 북한 근로자 100만 명은 남한 근로자 3,067명을 고용하여 월급을 지급하는 것이나 다름없다.

참고로 평균연봉이 9,400만 원에 달하는 남한의 자동차 회사의 노조원 수는 47,000여 명이다.

이들에게 지급되는 급여로 고용 가능한 북한 근로자 수는 1,532만 2,000명이나 된다.

어쨌거나 변변한 직장이 없는 북한 주민들 입장에서 보면 절호의 기회가 찾아온 것이다.

특히 기계공업과 관련된 기술자들은 입이 쫙 찢어진다. 우선적으로 채용될 것이기 때문이다.

기계공업단지에는 발전소부터 지어진다. 전력이 공급되어야 공장을 가동시킬 수 있기 때문이다.

발전소뿐만이 아니다. 공장 종업원들의 숙소도 있어야 하고 많은 수의 식당도 필요하다. 침체되어 있던 북한의 내수경제가 꿈틀거리기 시작하는 것이다.

이 정도면 지나 자본의 유입을 차단해도 된다.

어쨌거나 협정을 축하하는 연회가 준비되어 있다.

현수는 김정은과 함께 가장 앞줄에서 화려한 공연을 즐겼다. 이때 리설주는 김정은의 좌측에, 테리나는 현수의 우측에 자리했다. 테리나가 아내 역할을 한 것이다.

즐거운 한때를 보내고 다시 백화원 초대소로 돌아왔다.

"자기!"

"왜?"

"자긴 정말 대단한 사람이에요. 존경해요."

"존경하지 마. 내가 무슨 대단한 사람이라고. 어쩌다 보니 이렇게 된 것뿐이야. 그냥 운이 좋은 거지."

"어머! 아니에요. 운이라니요. 자기가 얼마나 노력하는지 다 아는데. 남들이 생각해 내지 못하는 것들이 얼마나 많은지 아세요? 그래서 전 자기를 존경해요."

"……!"

현수가 대꾸하지 않자 테리나의 말이 이어진다.

"자기가 내 남자면 얼마나 좋을까 생각해 봤어요. 근데… 그건 안 되는 거죠?"

'으이그!'

현수는 지금부터 조심해야 하는 상황임을 직감했다.

테리나는 마치 파도처럼 끊임없이 대시해 온다. 생각해 보니 그게 대시라는 걸 눈치채지 못한 때도 많았다.

"흐으음! 그래서 슬퍼요. 하지만 지금은 기뻐요. 이렇게 자기랑 단둘이 있을 수 있으니까요."

"그, 그래?"

"오늘도 자기 곁에서 잠들고 싶은데 괜찮죠? 자긴 성인군자니까요. 그렇죠?"

말을 해놓곤 부끄러운 듯 고개를 숙인다.

'헐! 나 아직 혈기왕성한 사내야. 테리나가 옆에 있으면 견디기 힘들다고. 근데 뭐? 성인군자? 미친다, 미쳐!'

이런 상념이 머리를 스칠 때 테리나가 팔짱을 끼며 머리를 기댄다. 전형적인 연인 포즈이다.

"여기 있을 땐 그렇게 하게 해주세요. 네?"

처연한 느낌이 온다. 어찌 거절하겠는가!

"…알았어. 그렇게 해. 하지만……."

현수가 말하려 할 때 테리나가 손으로 입을 가린다.

"알아요. 더 이상의 욕심을 부리지 않을게요. 그리고 아내분들 계실 때엔 자기라는 호칭도 쓰지 않을게요."

"…그래주면 고맙지."

"걱정 마세요. 나 때문에 문제되는 일 없도록 애쓸게요."

"알았어."

현수가 대답하자 테리나는 더욱 세게 팔을 안는다. 당연히 뭉클한 촉감이 느껴진다.

'내가 실수한 건가?'

시간은 흘러 밤이 되었다. 현수는 처음으로 밤이 무서워졌다. 하지만 어쩌겠는가! 이미 약속한 일이다.

이불을 들추고 발부터 밀어 넣은 테리나는 반듯하게 누워 있는 현수의 팔을 당겨 머리를 얹는다.

다음 순간 왼팔과 왼다리가 올라온다.

“하음, 오늘은 왠지 잠이 잘 올 거 같아요. 고마워요.”

“그, 그래.”

곤혹스런 순간의 시작이다. 테리나는 무엇이 그리 기분 좋은지 현수의 가슴을 마구 쓰다듬는다.

‘동해물과 백두산이 마르고 닳도록, 하느님이 보우하사 우리나라 만세! 무궁화 삼천리 화려가앙산…….’

애국가 4절까지 다섯 번쯤 불렀을 때 테리나의 움직임이 멈춘다. 숨소리도 고르다.

“슬립!”

살그머니 일어났다. 처음부터 이 마법을 쓰지 않은 이유는 테리나의 마음을 읽어서이다.

많은 여인과 인연을 맺었다. 그러는 동안 아주 조금은 여심을 읽는 능력이 생겼다. 여심은 아르센의 현자들도 알 수 없는 그야말로 복잡 미묘, 변화무쌍함의 극치이다.

실제로 300년 전 아르센의 어느 현자는 이런 말을 했다.

여자의 마음을 알아내는 것보다 9서클 마법서를 읽고 그 안에 담긴 오묘한 뜻을 알아내는 편이 훨씬 쉽다.

테리나가 잠들 때까지 곤혹스런 시간을 감내해 준 이유는 그녀의 아픈 마음을 어루만져 주기 위함이었던 것이다.

"휴우! 이건 뭐……."

현수는 고개를 설레설레 흔들었다.

불과 10분인데도 견디기 어려운 순간이 많았던 때문이다.

만일 신체적 반응이 있었다면 테리나는 기꺼이 육탄 공세를 펼쳤을 것이다. '단 한 번뿐이라도 좋으니' 라는 말로 중무장한 채 다가온다면 이겨내지 못했을 것이다.

너무도 혈기왕성한 상태이기 때문이다.

'그나저나 여기 온 지도 꽤 되었네.'

2월 18일에 왔는데 벌써 3월 4일이다. 보름이나 흘렀다.

그동안 두 번 아르센에 다녀왔다. 디오나니아 잎사귀를 채취하기 위함이었다.

"그쪽 날짜로 12월 18일쯤 가야겠군. 그나저나 콘크리트랑 철근 등은 어떻게 하지?"

마족들이 봉인되어 있는 마종을 완벽하게 감싸 버릴 것을 가지러 왔는데 다른 일만 하다 가는 셈이다.

"여기서 그냥 갈까, 아니면 남한에 갔다가 갈까?"

한 달이 되려면 아직 시간이 있다. 하여 남한부터 들르기로 했다. 본래 목적했던 일을 해야 속이 편하기 때문이다.

*　　*　　*

"다녀왔어."

"네, 수고하셨어요."

상의를 받아 든 연희가 환히 웃는다.

"수고는 무슨. 여긴 별일 없고? 잘 있었지?"

"그럼요. 근데 이리냐는 모스크바에 있다면서요?"

"응. 당분간 저택 관리 경험을 쌓게 하려고."

"가신 일은 잘 되었어요?"

연희는 말을 하며 부지런히 손을 놀려 현수에게 줄 커피를 내리는 중이다.

"응. 다 잘됐어."

"고생하셨을 테니 좀 쉬세요."

"그럴까?"

소파에 길게 누워 버렸다. 피곤한 티를 내려는 것이다.

신문을 펼쳐 드니 지나 어부 수색작업이 아직도 진행 중이다.

'멍청한 놈들. 아무리 찾아봐라. 나오나.'

찾지 못한 어부들은 현재 연옥도에서 개고생 중이다.

타란툴라 호크가 선사해 주는 죽을 것 같은 고통 속에서 비명 지르기에도 바쁘다.

제발 오지 말라는 남의 나라 바다에 와서 어족자원을 싹쓸이하고 단속 나온 해경에게 폭력까지 행사한 놈들이다.

당연히 죽을 고생을 하다 뒈져야 한다.

그렇기에 현수의 얼굴엔 조소가 감돌고 있다. 놈들이 고생하는 모습이 눈에 선하기 때문이다.

옆면을 보니 일본은 사라진 각료들을 찾기 위한 수색이 한창이다. 경시청이 총동원되었다고 한다.

미쓰비시 도쿄 UFJ의 지하금고를 완전히 거덜 낸 간 큰 도둑을 찾기 위한 수색도 병행된다고 한다.

밑에는 이 금고에서 사라진 것들에 대한 내용이 있다.

현수는 아공간에 담은 금액이 얼마인지 모른다. 확인해 보지도 않았다. 이처럼 알려줄 것이기 때문이다.

이번에 도난당한 것은 다음과 같다.

엔　화 : 3조 3,000억 엔

달러화 : 2억 8,000만 달러

위안화 : 6억 2,000만 위안

유로화 : 8억 5,000만 유로

원　화 : 386억 7,000만 원

골드바 : 136.852톤

총액 43조 2,803억 7,000만 원이다.

당연히 난리가 났다.

현재 미쓰비시 도쿄 UFJ는 불안함을 느낀 예금자들의 뱅크런으로 몸살을 앓는 중이다.

한때 세계 최대 은행이었지만 조만간 망할 것이라는 것이 중론이다. 이쯤 되면 정부가 나서서 막거나 속도를 늦춰야 한다. 그런데 그 일을 지휘할 각료가 실종된 상태이다.

그렇기에 고객들의 자금 이탈 속도가 장난이 아니다.

어쨌거나 도난당한 돈이 외국으로 빠져나가지 못하도록 모든 공항과 항만을 철저히 수색하는 중이다.

동시에 경시청의 모든 인원을 풀어 의심 가는 곳은 모두 뒤지고 있다. "짜식들, 아무리 뒤져봐라. 후후후!"

조소를 머금으며 아래를 보니 혐한 시위를 하기 위해 재특회 동경지부를 찾았던 239명 전원이 연락 두절되었다는 내용이 있다.

"걔들 지금쯤 총알개미의 맛을 톡톡히 보고 있을 거야."

현수의 생각대로 아소 다로 부총리 및 각료 15명과 239명의 재특회원들은 지옥에서나 맛볼 수 있는 고통에 신음과 발광을 하며 울부짖는 중이다.

총알개미는 밤에도 문다. 그런데 이놈의 고통은 둔화되지 않는다. 물릴 때마다 지독한 통증에 시달린다.

하여 모두가 나서서 총알개미와 전투를 벌였다. 그 결과 상당히 많은 수를 죽였다. 대략 2만 마리 정도 된다.

재특회원 등은 남은 것들만 모두 죽이면 지긋지긋한 고통으로부터 해방될 것이라 믿고 있다.

지옥도 외곽에 수천 마리의 악어와 아나콘다가 있음은 이미 눈치챘다. 총알개미를 피하려던 녀석들이 놈들의 먹이가 되는 장면을 생생히 목격한 결과이다.

하여 총원 254명 중 현재원 247명이다. 네 명은 악어에게, 세 명은 아나콘다에게 잡아 먹혔다.

탈출은 불가능하다. 하지만 개미만 모두 죽이면 이곳에서 살 수는 있을 것이라고 생각하고 있다.

어쨌거나 이들은 모른다. 둥지로 돌아오지 않는 개미가 많아지면 여왕개미가 최대한 많은 알을 낳는다는 것을.

현재 여왕개미는 하루에 2,000개씩 알을 낳고 있는 중이다. 열흘이면 이전의 개체수로 되돌아갈 것이다.

경제면을 보니 국제 금 시세가 나날이 상승하고 있다. 엊그제 100톤에 50억 달러였는데 그새 3억 달러가 또 올랐다.

러시아 정부는 12억 달러, 가스프롬은 6억 달러를 또 앉아서 번 것이다.

지금쯤 한껏 기분 좋아진 푸틴은 각료들에게 농담을 하고 있을지도 모른다. 가스프롬에서도 웃고 있을 것이다.

신문 아래 5단 통광고가 눈에 뜨인다.

이실리프 뱅크에서 인재를 뽑습니다.

고율의 대출 이자 때문에 어려움을 겪고 있는 서민들을 위해 탄생하는 이실리프 뱅크는 전국 각지에 100개 지점을 준비하고 있습니다.

저희와 함께 근무할 인재를 찾습니다.

전원 정규직입니다. 참고로, 이실리프 뱅크는 비정규직 사원이라는 어휘 자체가 없습니다.

다음은 각 지점에서 근무할 분들의 지원 자격입니다.

◎ 점장 1명 : 고졸 이상, 금융기관 명퇴자 우대

◎ 행원 2명 : 고졸 이상, 금융기관 명퇴자 우대

◎ 업무 1명 : 고졸 이상

◎ 청경 1명 : 고졸 이상, 신체 강건한 분

청원경찰은 특수부대 전역자 우대합니다. 각 직급 공히 군필자 우대합니다. 장애인 지원 가능합니다.

독립유공자의 후손에겐 특별 가산점이 부여됩니다.

연봉은 다음과 같습니다.

◎ 지점장 : 9,600만원

◎ 행원 및 업무 보조 : 6,000만 원

◎ 청원경찰 : 7,200만 원

• 지원 방법

www.이실리프bank.com에 접속하셔서 당사 소정의 지원 양식에 내용을 기입한 후 제출하면 됩니다(사진 제출 없음)

• 입사지원서 제출 기간

2014년 3월 6일 0시~3월 20일 24시(15일 간)

• 예비 합격자 발표

2014년 3월 24일에 당사 홈페이지에 2배수 명단 발표.

지원 시 입력하신 이메일 주소로 별도 고지합니다.

• 필기시험 및 면접

2014년 3월 26일 국사 필기시험 후 면접을 실시합니다.

• 최종 합격자 발표

2014년 3월 30일 합격자에게 개별 통지 예정입니다.

• 신입사원 연수

2014년 4월 1일~4월 7일

(정규직 채용일자 : 2014년 4월 1일)

• 기타 문의사항은 당사 홈페이지 '묻고 답하기' 게시판을 이용하여 주십시오.

뜻 있는 분들의 많은 지원 바랍니다.

이실리프 뱅크 은행장 김현수

광고의 아래에는 이실리프 뱅크 지점이 들어설 100곳이 기록되어 있다.

"이제 본격적으로 시작인가?"

현수는 굳은 표정으로 광고에 시선을 주고 있다.

오늘은 2014년 3월 5일 수요일이다.

『전능의 팔찌』 34권에 계속…